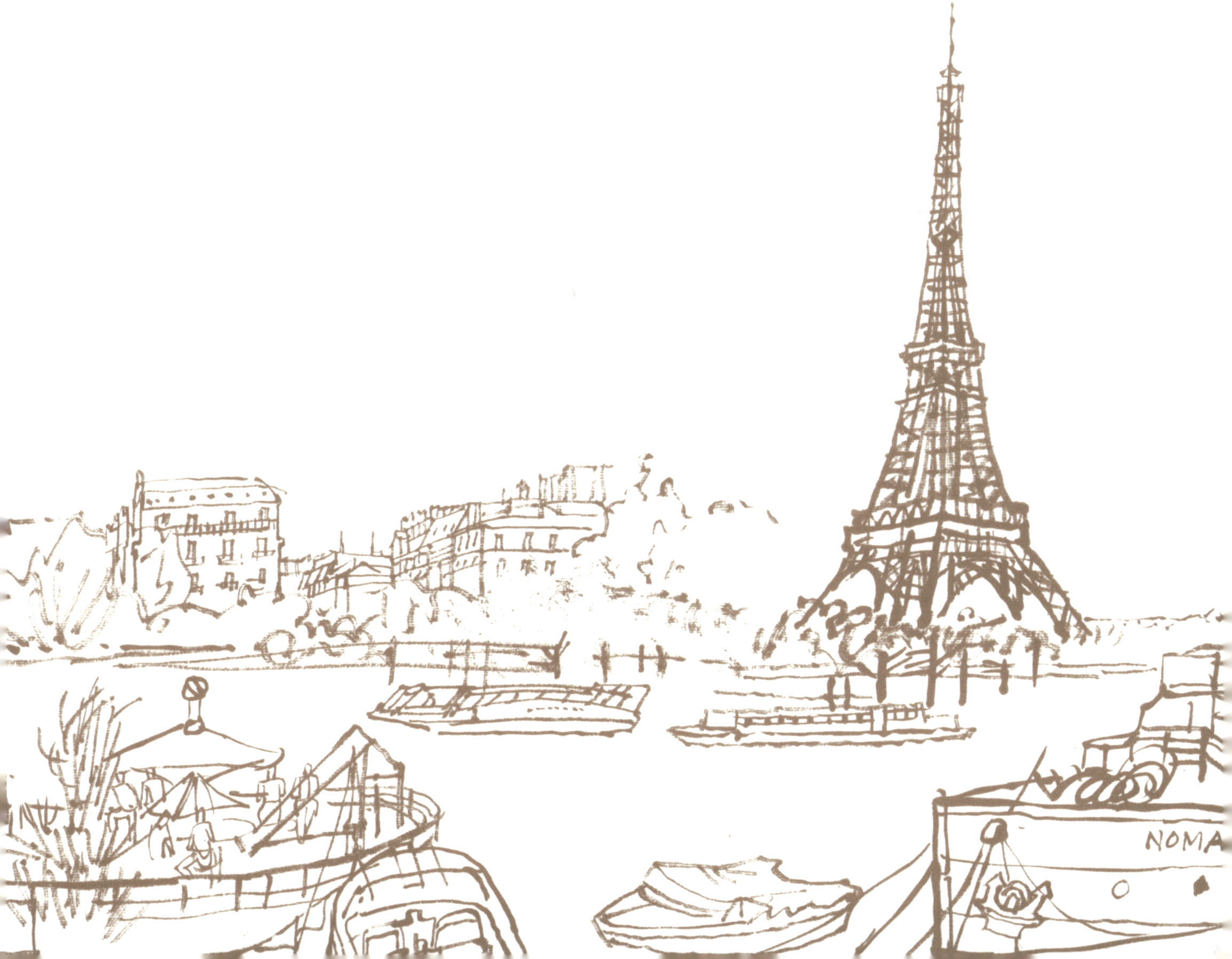
NOMA

沿着塞纳河到翡冷翠

黄永玉 著·绘

作家出版社

目录

001 _ 致皮耶罗老兄（代新版序） 黄永玉

005 _ 意大利文版序 ［意］彼得·奥莫德奥

009 _ 原版序 黄 裳

沿着塞纳河

013 _ 沿着塞纳河

018 _ 是画家的摇篮还是蜜罐

022 _ 追索印象派之源

025 _ "老子是巴黎铁塔"

030 _ 飞来与我们喝早茶的金丝雀

035 _ 忆雕塑家郑可

040 _ "可以原谅，不能忘记！"

046 _ 洛东达咖啡馆的客人

049 _ 让人记挂的地方——洛东达咖啡馆

052 _ 梵高的故乡

056 _ 巴黎——桥的遐思

060 _ 罗丹的巴尔扎克雕像

翡冷翠情怀

065 _ 意大利的日子

070 _ 每天的日子

074 _ 也谈意大利人

084 _ 菲埃索里山

089 _ 高高的圣方济各修院

092 _ 咸湿古和薄伽丘

097 _ 纪念馆和薄伽丘

101 _ 大师呀！大师

106 _ 我的意大利朋友

111 _ 没有娘的巨匠

115 _ 杜鹃随我到天涯

120 _ 教训的回顾

126 _ 皮耶托、路易奇兄弟

132 _ 了不起的父亲和儿子

138 _ 但丁和圣三一桥

144 _ 牧童呀！牧童

148 _ 司都第奥巷仔

152 _ 婀娜河上的美丽项链

157 _ 迷信和艺术的瓜葛

161 _ 大浪淘沙

165 _ 爱情传说

169 _ 罗马，最初的黄昏

173 _ 什么叫公园

177 _ 好笑和不好笑

182 _ 圣契米里亚诺

187 _ 米兰与霍大侠

192 _ 离梦蹴躅——悼念风眠先生

197 _ 西耶纳幻想曲

201 _ 永远的窗口

207 _ 原版后记

210 _ 后记

致皮耶罗老兄（代新版序）

黄永玉

皮耶罗老兄：

你写的序真好，难以想象一位终生研究小虫（在我粗浅的知识范围内，把微生物、细菌这类眼睛看不见的东西都叫做"虫"）的伟大科学家能写出如此纵横潇洒的好文章。我读了又读，忘记了你的本行，几几乎错认你为文学界的同行。

对你的行当，我是很好奇的。眼睛看不见的那些"虫"，有心、肝、肺没有？稍微大一点的跳蚤，怎么一蹦那么高？按照比例，人如有这么大的能耐，落回地面之后岂不摔死？所以我认为上帝在生物造型设计上有非常聪明仁慈的安排，公式如下：动物的弹跳能力与其体重成反比。如大象，如胖男女。

"虫"这东西，我不懂的太多，一知半解的东西更多。比如半夜三更睡在床上看书，发现一颗细红点在书页上慢慢移动。它大约只有头发直径的二十分之一大。顺手指轻轻一抹，书页上留下一颗小小红点，红得抽象之极。我给它算过，三十秒走一英寸。它怎么到书上来的？爬？飞或跳？来干什么？

自从前几年在你西耶纳家中做客以后，凡是碰到"虫"这方面的事，马上就会想到你。

四十多年前，我在老家凤凰，一个下雨的晚上，飞进屋里一只大虫。我抓住之后把它钉在木板墙上。翻遍昆虫大辞典都找不着根据，现画上奉你一观（我清楚你不是研究这一类大虫的）。

世上有很多巧事。

你出生在西西里，我出生在湖南凤凰，各在地球的一端，两地民族性的强悍、气度那么相似！这是一。

我的女儿不远万里到意大利读书，遇到你的女儿玛利亚，成为好朋友，多年一起在湘西、贵州、四川……做"扶贫"工作。这是二。

我凤凰几百年的老房子原在孔夫子文庙隔壁。多少代人做的是执教"私塾"和料理每年祭奠孔夫子的工作。没想到我在意大利翡冷翠找的住处却跟列奥纳多·达·芬奇一个镇子。每次进城都要从他老人家门口经过；阳台上隔着层林早晚看到老人家院子。我从小到老，居然有幸亲近东西方两大巨人。尤其有意思的是，我五六岁，妈妈就在院子乘凉的时候说过，世界上最伟大的画家名叫列奥纳多·达·芬奇，他是意大利人。

同时还发生一个我不太愿意讲的事情。（还是讲吧！）我家乡天主堂有个神父是意大利人，他研究医学，是个经常给老百姓看病的医生。他的研究室里放着许多玻璃罐，其中几个泡着逐渐成长的婴儿胚胎标本。不懂事的闲人以为他像泡腌萝卜似的泡小孩吃，赶跑了他。差点丢了性命。

蠢事代代都有，毫无办法。有的可以原谅，有的是认识水平问题，所以来来回回的历史片段相当精彩。

明朝万历时顾起元的《客座赘语》就写过以下这些话：

利玛窦，西洋欧罗巴国人也。面皙虬须，深目而睛黄如猫。通中国语。来南京，居正阳门西营中。自言其国以崇奉天主为道；天主者，制匠天地万物者也。所画天主，乃一小儿；一妇人抱之，曰天母。画以铜板为帧，而涂五彩于上，其貌如生。身与臂手，俨然隐起帧上。脸之凹凸处正视与生人不殊。人问画何以致此？答曰："中国画但画阳不画阴，故看之人面躯正平，无凹凸相。吾国画兼阴与阳写之，故面有高下，而手臂皆轮圆耳。凡人之面正迎阳，则皆明而白；若侧立则向明一边者白，其不向明一边者眼耳鼻口凹处，皆有暗相。吾国之写像者解此法用之，故能使画像与生人亡异也。"

你大我五岁。听说你这个九十五岁的人还天天上班。这令我十分佩服。

我五年前开始写一部自传体的小说。在故乡的十二年生活，约八十万字。最近已经出版，共三册。

第二部从一九三七年抗日战争至抗战胜利

的一九四五年。约六十万字。

第三部写一九四六年至"四人帮"垮台，大部分在北京的几十年生活。最少一百五十万字。

问题是我九十岁了。做过的事情不算；正在做的事就很难说了。上帝有多少时间给我呢？

中国一句老话："做一天和尚撞一天钟。"

想到你还每天上班下班，我的勇气就来了。老兄！不学你学谁呢？

前几天我忽然想到一件事，问黑妮："意大利的小孩穿不穿开裆裤？"

黑妮大笑说："没有。"

我们是兄弟，你大我五岁；那也就是说，我呱呱坠地之际，你若在中国，五岁的孩子，肯定是穿"开裆裤"的。

我这本书，多亏你的女儿玛利亚和我的好友陈宝顺先生费心费力地翻译成意大利文，衷心地感谢他们二位。这本书能让你和更多意大利朋友看到，是我多大的荣幸。

祝

快乐健康！

黄永玉

二〇一三年十二月十一日于北京

意大利文版序

[意] 彼得·奥莫德奥

我手捧着书，手指夹在书页中间，不时地停顿下来；我沉浸在遥远的过去，向往着许多熟悉的地方，缅怀我曾经喜爱过的人。黄永玉先生用清晰、明快、美妙的语言叙说了他在巴黎和翡冷翠逗留期间的故事，乃至莫斯科和北京的一些故人、往事。

来到巴黎的人，谁还不匆匆赶往巴黎圣母院、埃菲尔铁塔去参观，或者漫步在塞纳河畔呢？成千上万的人仰望桥上的美景，低头倾听湍急的河水拍打桥墩发出的漩涡声。洛东达（Le Rotonde）咖啡馆虽然鲜为人知，有时走累了，我也会去那里歇息，看着宽阔的蒙帕纳斯大道来去匆匆的陌生行人。那是1936年3月还是4月的事情了。

黄永玉去过的这家咖啡馆，布拉克、莫迪里阿尼和他美慧的妻子简妮、毕加索、爱伦堡也去过；以及后来的列宁及其同伙，他们在那里曾经梦想策划一个新俄罗斯。所有人都对他们刮目相看。我对他们几乎一无所知，只是背对他们喝我的啤酒，由于啤酒价格昂贵，我还担心衣兜里的钱够不够结账呢！

毕加索！对啊，我们见过面。1949年在普莱耶尔大厅相遇。那正是他春风得意的时候。那年他的小女儿帕洛玛出生了；他画的和平鸽展翅飞翔了，巴黎满大街墙上贴满了和平鸽。毕加索给我的印象身材矮小，宽厚的肩膀，是西班牙人典型的身材，和我想象的却完全不同。

爱伦堡，我是两年后遇到的，当时我并不知道他是艺术评论家。他自我介绍是一名记者。谈到他战争期间的工作时，他的眼睛里露出恐惧的神色，不是因为见到过战争创伤和承受过艰难困苦而忧虑，是对战争可能卷土重来而恐慌。他说俄罗斯广阔的大草原，因其色彩单调，不能激发画家的灵感，却能引发歌唱和音乐感。我顺着他的话题联想到那些牧羊人用轻声吟唱伴随自己的孤独，吹奏有浓厚鼻音的风笛，或者含在嘴上的乐器（marranzanu）模仿鸟的叫声。草原的色彩真是太单调啦。

我是怎样听懂爱伦堡的谈话的？他当时是讲法语，还是导游给我轻声翻译的？我不记得了。我只记得法捷耶夫也在座，他身材高大，神情专注，目光冷酷，脸色通红，像是伏特加酒喝多了，像一名正在广场上吆喝的军士。永玉说法捷耶夫手里掌控一根"文化指挥棒"。我从未见识过这根"指挥棒"。但是当我读到《大师和玛格丽特》这本书时，我想起了书的作者布尔加科夫说过，他是一个名副其实的苏联文学正统的卫道士。斯大林逝世后，法捷耶夫自杀了。这件事也许永玉不知道。也许在俄罗斯境外，就只有永玉和我这种巧遇的旁观者还提起他。

我真想找一本爱伦堡的书来读，天知道它被翻译成哪些语言。我还想找一张洛东达咖啡馆的明信片；每次来到巴黎我总会去那里，坐在原来坐过的椅子上，浏览咖啡厅内墙壁上琳琅满目的人物画像、图片和那些潦草的签名。我深信，永玉和我对那个特殊的环境有着很多共同的记忆。

永玉出生在湖南省，我出生在西西里岛，相隔几乎绕半个地球的距离。然而在我们的共同回忆中，涉及了许多名人往事，甚至还有那些名气不大的名人，譬如诗人路易·阿拉贡，以及一些鲜为人知的名胜古迹。

我们就像两个未曾见过面的亲兄弟，九十年后哥儿俩才团圆。这一切是怎么发生的呢？追根溯源，我的女儿玛利亚有一天对我说："爸爸，我的朋友黑妮，她的爸爸要为你九十岁生日画张像。"于是黄永玉从遥远的东方，一下子出现在我西耶纳家里了。他给我画了不只是一张，而是两张像。第二张比第一张小一些，显示出一种幽默夸张。那是在他对我本人、对我的过去有了深入了解之后，满怀手足情谊的感觉画的。而我是看了他的画，他的雕塑，他的桥和读了这本书之后才感受到我们兄弟般的情谊。以我一生对生物学的研究和从事的教学工作，我却无法诠释这种兄弟般的情谊。

说说阿拉贡的一本诗集：书名为《在异国，在本国》（*En étrange pays, dans mon pays lui* même）。叙说外国人身处异国他乡的感受，一般会感到"水土不服""感情上不相适应"。然而这些描述都不能说明一切；还可以说是"随缘不变"，就像一个孩子看着母亲，虽然母亲穿着同样的衣服，但是在孩子的心理上把妈妈又看做另外一个人；这样他们就会永久地变成另一种关系。这就是我对阿拉贡诗的理解。

遗憾、愤怒和忧郁都不适用于永玉。永玉对我们说过他在养猪场受到的"再教育"，对他而言，不过是一次荒谬的经历，对此他并不感到愤然，只是感到好奇；他很乐观，甚至还感到生活丰富多彩。

永玉喜欢雕塑家罗丹，尤其喜欢身穿贴身长袍的巴尔扎克塑像。当时这座塑像并不受客户喜爱，罗丹毅然退还了定金。白色的石膏，幽灵般的色彩，塑像依然摆放在博物馆一个角落里，见证着某些评论家愚蠢的官腔。然而在菲利克斯·德吕埃勒广场，伟大的陶艺家帕利西身着工匠皮围裙的塑像，正在期待着他。永玉没有提到罗丹塑造的女性人体雕塑，农村妇女那种粗壮的体型。

永玉塑造的铜塑女性给人一种飘逸的感觉，一种难以形容的飘逸。她们并不瘦骨嶙峋，她们像海水拍打在岩壁上溅起的浪花一样，飘逸飞翔。尽管她们是铜塑，即使放在露天也会冒一定风险，令人担心她们会随风飘去，飞向太空。流传过这样一段趣事，一个宇航员维修空间站外部，他穿着厚厚的宇航服，拿着工具在失重的太空中行走，竟然邂逅一名飘然而来的女子，她面带笑容、裸露身躯。他一见钟情，全然忘却了维修工作，意欲随她而去。长长的救生带生生地拽住了他。伙伴们费了很大力气才把他拉回舱内。从此他天天扒着舷窗往外窥视，希望再看那姑娘一眼。

永玉的雕塑给人的就是这种感觉。而罗丹的雕塑却完全不同，耸立在那里等着你来，随时准备击你一掌。

对不起，我跑题了。言归正传，让我们回到地面。

黄永玉先生的大画、小画、彩画或水墨画像中国漫山遍野的鲜花、托斯卡纳的田园和梵高画中的向日葵，绚丽多彩。

我这位年轻的兄弟画过画，做过雕塑，还设计了一座桥，美化他的家乡。书中有一章专门讲述了桥梁的不同功能及其多样性。而我更喜欢把桥视为连接不同国界的象征。

古罗马对修建连接台伯河两岸桥梁的人赋予崇高的荣誉。他们称"桥梁设计大师"为"Pontefice"（也是对教皇的称呼——译注）。

007

这是一个非常崇高而光荣的头衔。

我认为不能简单地称呼永玉"大师",而应该称呼他"Pontefice"——桥梁设计大师,不过这是他并不情愿接受的称呼。

九十岁生日快乐,兄弟!祝愿你不断创造出更多的奇迹,以及……

等一下!别忘了把雕塑关进笼子里,以防她们飘逸而去。还得小心比扒手更危险的"飞车党"(销毁报废汽车的行业。戏谑地比喻人老了可能遭此厄运——译注),翡冷翠就有很多呢!他们想要铲除一切废旧的东西。小心哦!

(陈宝顺 译)

原版序

黄裳

永玉从北京打电话来，说他的《沿着塞纳河到翡冷翠》要重印了，要我写一篇小序。近来实在写序写怕了，每逢接到"命令"，总是胆战心惊，千方百计想躲避。但这回却两样，我读过这本书，觉得写得极好，留下的印象深刻而鲜明。在新印本前说几句话，是愉快而光荣的事。赶忙从书架上找出了原书。我的书杂乱放置，要找一本是非常困难的。这次却不然，一索而得。看看题属，还是一九九五年十二月永玉过沪时相赠，是送给内人和我的。光阴似箭，转眼十二年过去，现在只能由我一个人把玩欣赏了。什么是"故人""旧侣"，这就是了。

过去画人文士常常自己或由旁人品评自己的艺术成就，如"诗第一，画次之……"之类，这往往是不大靠得住的。这有多方面的原因。也许是自谦，也许不是，内藏玄机多多，不可尽信。永玉是个"好弄"之人，木刻、绘画、雕塑、造型艺术……之外，尤好弄笔。散文、电影剧本、新诗、杂文……样样来得。在我的私见，他的画外功夫，以散文为第一。他的散文写作，也包括了许多方面。如极简短的配画的语录体短文，包含丰富的哲理意蕴；扩而广之的《水浒》人物画，题画不过简短的一两句，却能片铁杀人。如他画在五国城的大宋道君皇帝，如北宋名妓李师师，尽管她与周邦彦的故事，经王国维考证是莫须有的传说，却无妨作为画题。有时我觉得考据家往往是艺术破坏者，他们将许多美好的传说都糟蹋了。考据家破坏了多少人间好梦，但诗人画家却视而不见，任意而行。照旧说都是可以"浮一大白"的。

散文的范围极广，其中自然包含了游记一种。游记的写法也有多种，有柳子厚《永州八记》，也有陆放翁的《入蜀记》，风格各异，写法亦不同。但触景生情，其随笔所生的感慨却绝不可少。好的游记之有别于旅行考察报告者在此。这本美丽的小书也应是游记，也应该如此看待、衡量。

我同意作者对徐志摩的评价，他的极限功绩是为一些有名的地方取了令人赞叹的好名字，如"康桥""香榭丽舍""枫丹白露""翡冷翠"……至于他自己，不过是一位漫游巴黎的"大少爷"而已。

关于意大利、法国，我自然是"心仪"的，但只有资格作为一个"卧游"者，随着作者的"画笔"领略一些美丽的碎屑。此外，也有些许篇章，和个人有些牵连，因而感到浓厚的趣味。如作者写他与林风眠交往的故事。

永玉记在杭州初访林风眠，那位经林夫人用法国腔国语教熟的应门小童，举止声口，真是活画。后来在上海南昌路住在马国亮隔壁的林风眠，又另是一番光景了。我是常到马家去玩的，却没有请马国亮介绍去访问过大师，仅有一次是跟朋友一起去的，见到了这位自称"好色之徒"的大画家。友人唐云旌极佩服大师的作品，但画价高昂，买不起，又不敢索画。后来我在巴金家里看到挂在客厅里的一幅林风眠的秋鹭。巴金说，林风眠在去香港前，整理存画，分赠友人。巴金说："你不早说，他的画还送不完呢！"

读原书的"后记"，发现这样一句：

女儿小时候对我说："爸爸，你别老！你慢点老吧！"

她都大了，爸爸怎能不老呢？女儿爱爸爸，天下皆然。

到"文革"中，女儿八九岁了。

"爸爸，你别自杀，我没进过孤儿院啊！怎么办？爸爸！"

我拍拍她的头说：

"不会的！孩子！"

写这篇后记时，永玉六十八岁。今年几岁了？嗳！我们都老了，也都能体会到"女儿爱爸爸"这句"天下皆然"的"真理"。

希望我们都能保持"特别之鲜活"的脑子，像《沿着塞纳河到翡冷翠》中的文字和画笔似的鲜活。

二〇〇六年八月八日

沿着塞纳河

沿着塞纳河

如果是静静地生活，细细地体会，我可能会喜欢巴黎的。

眼前，我生活在巴黎。我每天提着一个在沙特尔买的简陋的小麻布袋，里头装着一支"小白云"毛笔，一个简易的墨盒（几次到欧洲来都用的是它）跟一卷窄而长的宣纸。再，就是一块厚纸板和两个小铁夹子；我在全巴黎的街头巷尾到处乱跑，随地画画。后来在塞纳河边的一家出名的历史悠久的美术用品店里买到一具理想的三脚凳，画画的时候不再一整天、一整天地木立着了。没想到坐着画画那么自在……

严复、康有为、梁启超，提到的那个巴黎和我那么遥远。他们的"评议"，只给我一种站在大深井边的神秘的惊讶。六十多年前，我毕竟太小，对自己身边的现实尚茫然不得而知；几万里之外的巴黎和我有什么相干？

徐志摩写过英国、意大利和巴黎，他的极限的功绩就是为一些有名的地方取了令人赞叹的好名字："康桥""香榭丽舍""枫丹白露""翡冷翠"……徐志摩笔下的巴黎，不如说是巴黎生活中的徐志摩。让五六十年前的读者眼睁睁地倾听一个在巴黎生活的大少爷宣述典雅的感受。

我倒是从雨果和左拉、巴比塞以及以后的爱伦堡、阿拉贡这些人的文字里认识到巴黎真实的人的生活，那种诗意的广阔、爱情和艰辛。

50年代初期，香港放映了一部美国歌舞片叫做《巴黎艳影》。为什么四十年后我还记得这个庸俗的名字呢？平心而论，它是一部活泼生动的片子，介绍几位住在阁楼的年轻艺术家（音乐家、舞蹈家、画家……）真实的生活方式。导演一流，舞蹈一流，摄影一流，演技一流。其中采用了后期印象派矮子画家图鲁

013

罗浮宫门口贝聿铭设计的玻璃金字塔夜景
35cm×68cm
1993 年

题款：
罗浮宫门口贝聿铭设计的玻璃金字塔夜景

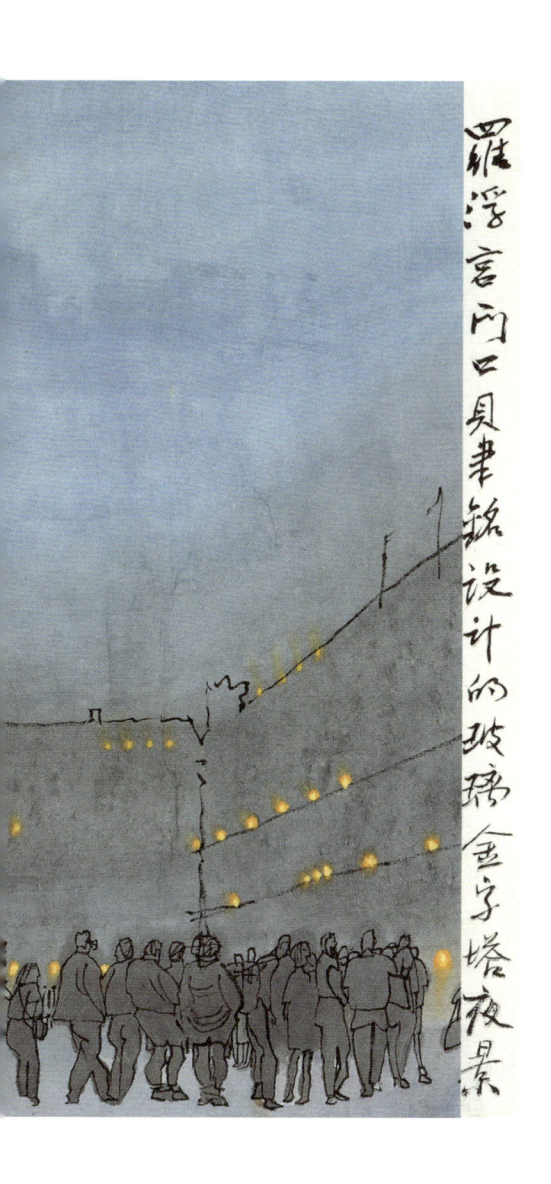

兹·劳特累克画作中的人物和色彩，让那些在灯光下的红色、绿色的脸孔闪耀起来。

伟大的电影家、中国人民几十年的老朋友伊文思拍摄过的纪录片《雨》《塞纳河畔》，精心地给人们一层一层剔开巴黎和巴黎人的原汤原汁的那种心灵中最纯净的美。

我是个"耳顺"的老头子；其实一个人到了"耳顺"的年纪，眼应该也很顺了。

写生的时候，忽然一群罩着五颜六色花衣裙的大屁股和穿着大短裤的毛手毛脚的背影堵在我的面前。我这个人活了这么大把年纪，可真没有见过罐头式的齐整、灿烂、无理的障目之物有这么令人一筹莫展的威力。

法国人、意大利人、日本人、丹麦人、荷兰人有时也会偶然地挡住我的视线，但一经发觉，马上就会说声对不住而闪开。但这些美国人、德国人不会。为什么他们就不会？我至今弄不明白。

我习惯了，"眼顺"了，我放下画笔休息，喝水抽烟，站起来东看西看，舒展心胸。

巴黎人、意大利人历来不挡画家。更是见怪不怪。

爱伦堡在他的《人·岁月·生活》一书中提到巴黎人几十年前一段趣事：一个全裸的中年人斜躺在巴黎街头咖啡馆的椅

罗浮宫门口贝聿铭设计的玻璃金字塔夜景

不知名者喷泉
35cm×65cm
1990 年

题款：
不知名者喷泉
后为蓬皮杜展览馆

子上喝咖啡、看街景。人来人往，不以为意。警察走过来了，他也不理。警察问他："先生！你不冷吗？"他仍然不理，警察只好微笑着离开。

巴黎的大街齐整、名贵、讲究，只是看来看去差不多一个样，一个从近到远的透视景观又一个透视景观，缺乏委婉的回荡。招引来一群又一群鲁莽的游客，大多麇集在辉煌的宫殿、教堂或是铁塔周围，形成20世纪的盛景。

有文化教养，有品位的异国人大多是不着痕迹地夹在巴黎人的生活之中，他们懂得巴黎真正的浓郁。

我在罗浮宫亲眼看到夫妇俩指着伦勃朗画的一幅老头像赞叹地说："啊！蒙娜丽莎！"

而真正的那幅《蒙娜丽莎》却是既被双层的玻璃罩子罩住，又给围得水泄不通。

"蒙娜丽莎？啊！我知道，那是一首歌！"一个搞美术的香港人对朋友们说。我也在场。

蒙娜丽莎是一种时髦倾向，但不是艺术倾向。

是画家的摇篮还是蜜罐

巴黎是画家的摇篮、天堂。

巴黎又何尝不是画家精神的、肉体的公墓。

像战争中的将军一样，将军是成功的士兵。真正在战场上厮杀的千百万战士，你知道他们的名字吗？

中国一位非常聪明的画家住在巴黎，名叫常玉。50年代初期，中国文化艺术团来到巴黎，既访问了毕加索，也访问了常玉。常玉很老了，一个人住在一间很高的楼房的顶楼。一年卖三两张小画，勉强地维持着生活。他不认为这叫做苦和艰难，自然也并非快乐，他只是需要这种多年形成的无牵无挂运行的时光。他自由自在，仅此而已。代表团中一位画家对他说，欢迎他回去，仍然做他当年杭州美专的教授……

"……我……我早上起不来，我起床很晚，我……做不了早操……"

"早操？不一定都要做早操嘛！你可以不做早操，年纪大，没人强迫你的……"

"嘻！我从收音机里听到，大家都要做的……"

和他辩论是没有用的。各人有各人心中的病根子。虽然旁边的人看起来是一件区区小事。

早操做不做概由己便，这是真的。如果常玉知道开会是非去不可，那理由就驳不倒了。常玉不知道开会是一种比早操可怕得多的东西，尤其是搞起运动来的时候。

60年代常玉死在巴黎自己的阁楼上。《世说新语》的一段故事中有句话说得好："我与我周旋久，宁作我。"

这就是常玉。

对于人来说，巴黎太好玩；对于画家来说，巴黎是艺术庙堂的极峰。

十多年前，儿子在选择去巴黎或罗马哪个

巴黎圣母院
35cm×64cm
1993 年

题款：
巴黎圣母院

地方学画举棋不定的时候，我让他去了罗马。理由仍然是巴黎太好玩，年轻人在那里容易花心。

有一天，斯诺夫人和阿瑟·米勒的夫人英格尔在北京我家吃饭，谈到我儿子选择罗马读书的决定时，她们大笑地告诉我："罗马也是很好玩的地方啊！……"

儿子到底还是去了罗马。

我从历史的角度发现，巴黎和意大利诸城的艺术环境很像一个装蜜糖的大缸。收藏之丰富，艺术之浓稠，原是千百万蜜蜂自己酿出来的。但人们却常在大缸子里发现被自己的蜜糖淹死的上百只蜜蜂。

一般的观众和爱好者欣赏名作时，是无须担心给"淹死"的。从事艺术者却不然。他每天和艺术的实际性东西接近。年深月久，欣赏水平远远把自己的艺术实践水平抛在百里之后。眼光高了，先是看不起同辈的作品，评头品足；最后连自己的劳作也轻蔑起来，干脆什么也不做，粘住手脚，掉进缸里淹死完事。

巴黎铁塔和塞纳河两岸
35cm×65cm
1990 年

题款：
巴黎铁塔和塞纳河两岸

艺术的蜜罐里，不知淹死过多少创造者。

蜜蜂原是在花间、在蜂房里工作的成员，固然有空的时候也可以到蜂蜜缸边走走，欣赏历来劳动的成果，壮壮自己的声势；然而站在缸边活动的工作终究不是分内的事。艺术工作之可贵原就在一口一口地酿出蜜来，忘了这一口一口，忘了那来回奔忙的任务，已经不像是一只正常的蜜蜂了。

我有时还自觉不太像一只蜜蜂。虽然，不怕晒太阳，不怕走远路，经得起一坐七八个小时，忍得饥饿、干渴，虽然后腿窝囊里的花粉——自己食用的粗粮采得满满的；至于高质量的蜜糖，却未必一定够格。这就是自己对自己和历代高手以及当代能人相比较而产生的思想。

走在塞纳河边，背着沉重的画具，一边走一边嘲笑自己，甚至更像一只蚂蚁。

不过蚂蚁比我好，集体观念和组织纪律性都比我强。

我是一只孤独的蚂蚁。世界上有独居的蚂蚁吗？请问！

塞纳河畔书摊
35cm×65cm
1990 年

题款：
塞纳河畔书摊

追索印象派之源

一个奇怪的现象,为什么印象派是沿着塞纳河发展起来的?

那些老老少少、男男女女,不分贫富,都沿着塞纳河居住,画的都是塞纳河一带的生活,除了高更远远地在塔希提岛之外——虽然塞纳河还是他的老根。

这是一个颇为有趣而特殊的现象。

塞纳河远望铁塔
32cm×141cm
1990 年

我想告诉一位在巴黎居住而研究美术史的女孩,问她为什么不去写一部这样的又厚又大、夹着精美的照片和插图的大画册呢?我真想这么写信给她:

"比如说,沿着塞纳河,也沿着印象派的发展史;沿着每一位画家的生活;沿着他们曾经画过的每一幅作品……你开一部小小的汽艇,装满你需要的美术研究资料、摄影器材。花一段较长的时间生活在你的小世界里,我想你定会做出跟任何过去的美术史家不相同的成绩来。同时也很有趣,你想,太有趣了是不是?你还可以钓鱼,高兴就跳进水里。做一个船上的美术史家。"

世界上许多文化成绩都是由一些乌七八糟的怪念头点燃的。接着我还想这么写:

"身边的巴黎不写,你到翡冷翠来研究拜占庭干什么呢?或者,你是来学习'研究方法和技巧'之后再去研究巴黎文化的罢!世界上有许多事情是个谜。巴黎、塞纳河、印象派和你这一类的女孩子……我一直不明白为什么任何人都要去研究一种非常系统、非常全面的文化?

"我这个老头丝毫没有任何系统的文化知识,却也活得十分自在快活。我要这些知识干

题款:
塞纳河远望铁塔 黄永玉
印文:
永玉

什么？极系统、极饱和的庞大的知识积聚在一个人的身上，就好像用一两千万元买了一只手表。主要是看时间，两三百元或七八十元的电子表已经够准确了。不！意思好像不是在时间之上。于是，一两千万元的手表每天跟主人在一起，只是偶然博他一瞥。

"读那么多书，其中的知识只博得偶然一瞥，这就太浪费了！

"我这个老头子一辈子过得不那么难过的秘密就是，凭自己的兴趣读书。

"认认真真地做一种事业，然后凭自己的兴趣读世上一切有趣的书。

"世界上的书只有有趣和没有趣两种。有益和有害的论调是靠不住的。这个时候有益，换个时候又变成有害了。这书有什么意思？比如，苏联几十年前出过本《联共（布）党史》，被说成是一本对全人类命运至关紧要的最有益的书；怀疑是有罪的。现在呢？变成一本有趣的书了。你可以用它去对照国际共产运动的发展，得出妙趣横生的结论。林彪的《毛主席语录》也有同样的效能。这都是时间转移的结果，由不得谁和谁来决定。

"我怎么越说越远了？

"关于塞纳河和印象派的关系，相类似的问题我以前也有过。想一个人找一只木船，带着摄影、录音器材和画具，从我的老家洞庭湖出发，上溯沅水或是澧水，沿着两千多年前的屈原或是四五十年前的沈从文的文章中提到的事物作一些考据和调查，一个码头一个码头地访问、体会。浮过一道道长满幽兰和芷草的清清的河面，真是令人神往。我可能实现不了这个愿望了。家乡的河流失了我；我也失掉了家乡的河。

"你呢？你没有失落掉塞纳河呀！塞纳河随时都等着你。唉！不过我觉得你这个人虽然有条理，耐烦，负责任，意志坚强，也雅兴不浅，只是个子太小、太稚弱。

"你受得了书房之外的劳动吗？这种工作想起来满是快乐，陷入之后心情的焦躁，孤独，有时忽然觉得枯燥，或者和所有的女孩子都具有的美德——嘴馋一样，突然怀念起某种时常吃到的零食，而小船上恰好离卖这种'恩物'的商店很远……这一切，你抵抗得了吗？

"当然，当然，你还可以，而且应该到翡冷翠来研究你的拜占庭艺术，不过，不要忘记一个老头说的这个值得一试的工作。"

「老子是巴黎铁塔」

巴黎这一带的塞纳河，上至铁塔附近，下至圣母院二十多三十里地，是我每一天用双腿走得到的地方。

再远一点，我就不清楚了。用六十几岁的眼睛估计，看看也好像没有什么可画的地方。

我就从铁塔画起吧！

铁塔是那么大。我前些年第一次到巴黎的时候，可真把我吓了一跳。在它的底下，好像走入一座大得了不得的殿堂。

小时候，六七岁，家父的朋友从巴黎寄来一张铁塔的明信片，我几乎爱不释手。那么高的塔居然用铁做的。哪儿找来那么多的铁？哪儿找来那么多的铁匠呢？

是夏天，姆姆帮我在木澡盆里洗澡，洗呀洗的，我忽然双脚叉开，鼓起劲，大声地叫着："老子是巴黎铁塔！"

坐在旁边的爸爸的朋友高伯伯开玩笑地指着我的"鸡鸡"说："你是铁塔，铁塔下面这个东西是什么？"

突如其来的问题好像没有把我难倒，"是电灯！"

前些年第一次来到铁塔底下我下意识地朝上面看了一下，没有电灯！不禁哈哈大笑起来。同行的朋友问我怎么一回事？我几乎笑不可抑，把这个六十年前的故事说给他们听。奇怪的是，20年代，凤凰县当时没有电灯，我哪来的电灯知识？

铁塔近前似乎很难入画，人太多，都在大口地咀嚼东西，喝水。几万人融合在混乱之中。有的女人——并不太少，似乎只穿着亵衣；男的赤膊，像游泳场一样，接近于"裸"的境界。

北京有句老话:"惹不起,可以躲得起。"

我过了桥,上了山,坐在草地上远远地画了一张铁塔。前头有树林,有推着摇篮车的年轻母亲,还有三个胖老太在嘀咕媳妇的是非。

"咕里咕噜!"走来一个年轻的法国女人跟我打招呼,微微地笑着,然后跪在我背后看我画画。她很漂亮。

她又"咕里咕噜"说了些什么。

我告诉她,什么都听不懂,她说了等于白说。可惜她连这些话也不明白。

她倒水,给我一杯,她自己一杯。

喝不喝呢?喝吧!我身边只有很少的钱,为了一个写生的老头下"蒙汗药"是不上算的。看起来她是个好女孩——其实也难说——最后证明她是个好女孩。半个多钟头,她又"咕里咕噜"一声,招招手,微笑,走了。

我马上摸摸后裤袋的烟皮包在不在?这种下意识动作很卑劣;如果烟皮包被误认为钱包而被扒走,就不卑劣。从心里似乎觉得对不起这位年轻的观众;也不然,前几年为了看永乐宫壁画,在风陵渡等火车,让人把大皮袋割了一个大口子……我

巴黎铁塔和塞纳河两岸
35cm×75cm
1990年

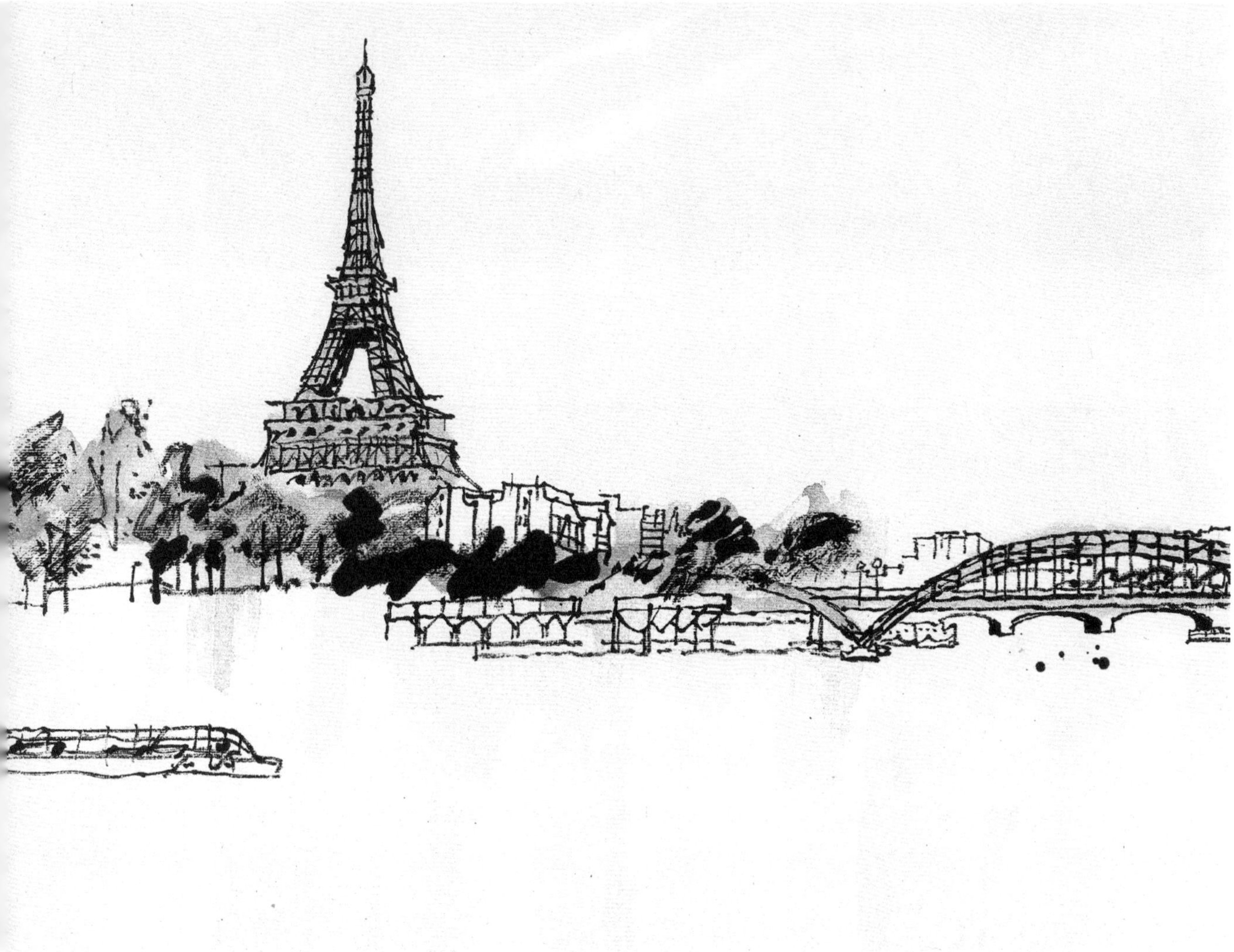

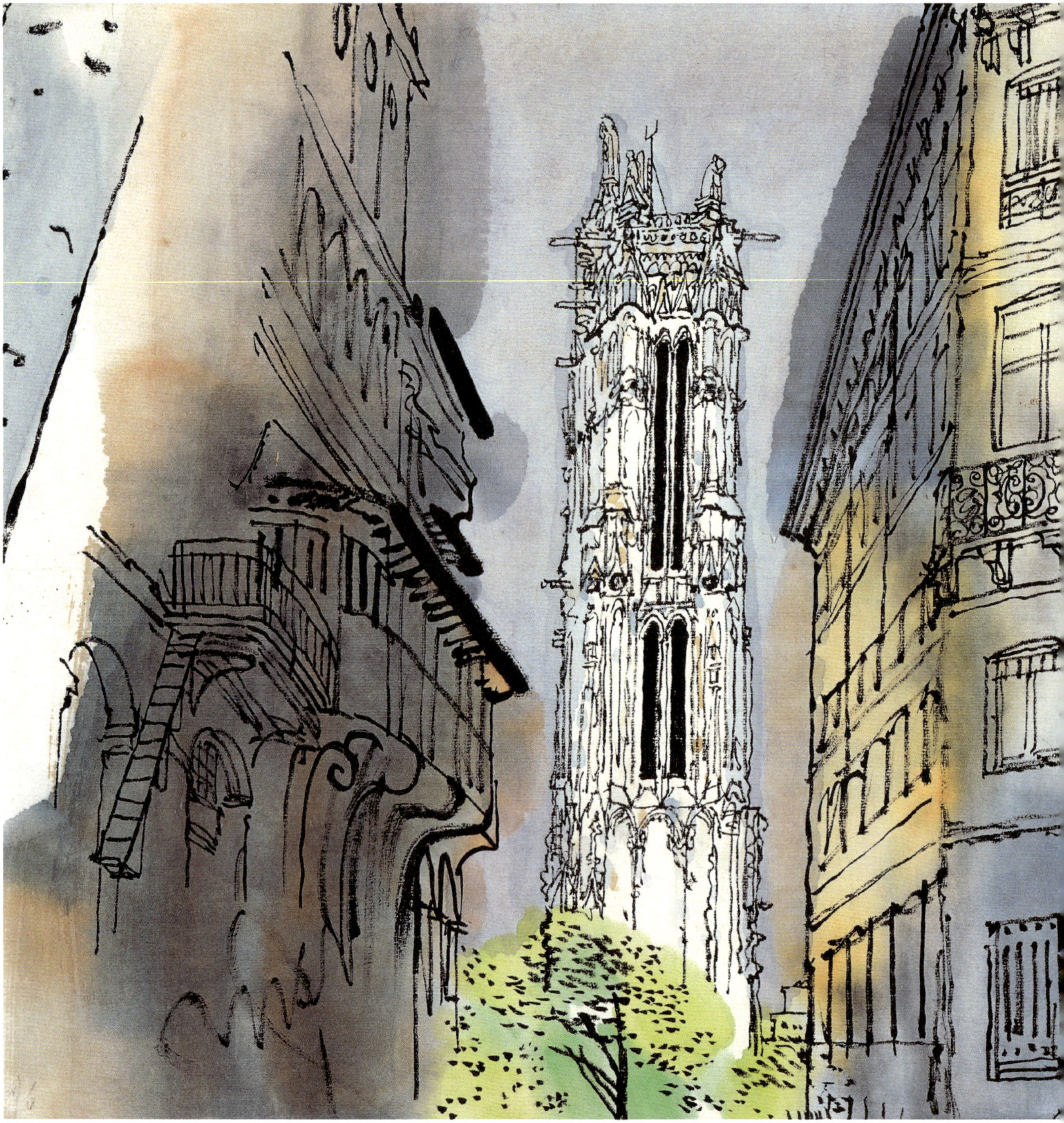

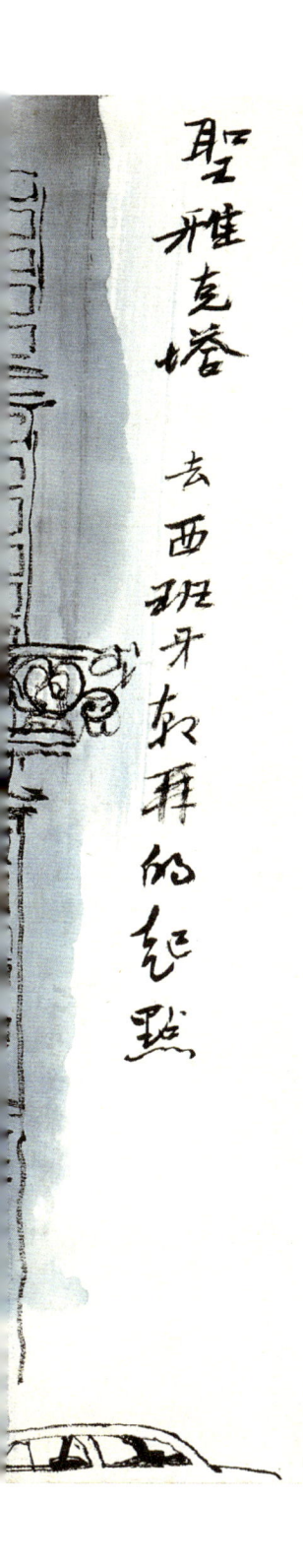

们心底"不信任"的基础太深了，辜负了太多的好意……想到这里，画也画得不痛快了。这时候，近处一个中年胖子正在破口大骂他的小儿子正踩一摊狗屎……不画了，到下游去吧！

  我沿河往下没走半里地，发现这个角度比在山上画铁塔更好，便靠着小短墙画将起来。两个阿尔及利亚的卖画青年走过来和我聊天，问我哪里来？这是什么纸？画完一张，转过身来把对河的一座好看的教堂也画了。两位青年还说："老头，太久了，你不累吗？"

  天天如此，一辈子如此，不累！

  我步行回家，一路挑选明天的风景。

  回到家，妻子问我："你怎么能和阿尔及利亚的青年说话？"

  "说英语呀！"

  "什么时候你会了英语？"

  "带插图的英语嘛！"

圣雅克塔（局部）
1990 年

题款：
圣雅克塔 去西班牙朝拜的起点

飞来与我们喝早茶的金丝雀

《沿着塞纳河》只是个大概的题目,是"流域",不是河本身。河本身有什么意思?一条大沟,装满流动的水。——爱说什么就说什么。我又不是向导,也非历史学家;说老实话,以后画了许多好看而有名的建筑,我根本就说不出沿革来。如果我真的照旅游手册上一条条抄下来当作我的学问,不只自己会脸红,高明的朋友们怕也不原谅我。我的真面目就是有许多东西我不全清楚。孔夫子说:"知之为知之,不知为不知,是知也!"我听了特别舒服。承认"不知"也算一种美德,是轻而易举的。

在巴黎的住处是好友为我找的。真是费心,在罗浮宫墙之外的大街上,一套闹中取静的典雅的屋子里。不知三楼还是五楼?电梯小,轰隆轰隆来到楼上,糊里糊涂住了一个多月。

楼上大阳台看到罗浮宫顶一系列雕刻。直街拐进另一条横街,中间的丁字角就叫做"广场","广场"中一个骑马的武装女人,镀金铜像,神气得很像那么一回事。她就是"圣女贞德"。

贞德打过仗,后来被对方烧死了,因此是死得颇为壮烈的。这些知识是从英格丽·褒曼演的电影中得到的,但我记不起是否真看

贞德广场
50cm×55cm
1993年

贞德广场

题款：
贞德广场

过那电影？一般说，如果感动了我，我一辈子也记得住。要不是没看过或是仅看过电影介绍；要不就是那电影不值得记忆。

贞德成为英雄之后就和花木兰、刘胡兰一样，后人总希望她们当时更完美、更值得尊敬，这应该不是她们本人的意思；加油加酱，弄成个神不神、人不人的东西，为人们所生疏，和爱心离远了。

我们住的这套房子的客厅有古老粗糙的大木头支撑着，这显然是为了装饰。刷上带痕迹的白垩水也是故意的，使得这房间很有人情味，看出原主人有趣的不在乎和坦荡。

每天大清早就满满的一房间太阳，使我们全家喝早茶的时候都很开心。各人说出各人今天的计划，买画册、唱片或是上博物馆。只有我比较单调：出去画画。我想不出比画画更有意思的事。不画画，岂不可惜了时光？

有一天喝早茶的时候，窗外飞进一只金丝雀。我们都以为它很快就会飞走的，它却在我们座位之间来回招呼，甚至啄食起饼屑来。

它一进来，我马上想的是："关窗！"但没有说出口。幸好没有说出口。它对人类的信任，颇使我惭愧。这已经不是第一次，毛病形成是很难一下改变的。

在纽约、华盛顿、哈佛校园内看到草地上的松鼠，在墨尔本看到地上散步的鹦鹉，在意大利、巴黎看到满地的鸽子，第一次，我都是不习惯的。"为什么不捉起来呢？""捉起来"才合乎常规。

在地上看到一方木头，马上就想到："拿回家去！"拿回去干什么，以后再打算不迟。

贞德广场的一座公寓里
35cm×58cm
1993 年

题款：
在圣女贞德广场的一座房子的三楼是我租住的寓所。
早晨曾有金丝雀飞来吃早餐。

旧金山的鸽子和狗前几年忽然少了许多，后来发现是越南难民在吃这些东西，警察讯问他们，得到的回答却出乎意料：

"它们很'补'呀！"

我听了这个传说当年曾经觉得好笑，而且转播别人听。唉！作为一个不幸的东方大陆人，什么时候才会打心里宽容起来呢？

那只金丝雀玩了两个多钟头，后来就飞走了。我们都以为它改天会再来，一天、两天过去了，一直没有看见它。到别人的家里去了，也许是回自己的家。

为了这只金丝雀，我心里有着隐秘的、忏悔的感觉，甚至还不只是对这只具体的小鸟。

它好像一座小小的会飞翔的忏悔台。

忆雕塑家郑可

塞纳河岸有一座纪念碑，我每天都要从它的跟前经过。我太忙，都是急着要赶到目的地去。

这一天，轮到它了。不只它有出色的雕刻，旁边一排树林和嫩绿的草地也非常动人。

天哪，是布德尔的作品。

多少年来我一直景仰的雕塑家。家里藏着他的作品集大大小小十来本，每到一个地方都要打听书店里有没有他的画册卖。我是一个布德尔迷毫无疑义。没想到我莫名其妙地来到他作品的跟前。

他是大家都知道的跨腿拉满弓的《射者》的作者。不只是作品震动人心，更重要的他是一位创作思想家。他高明而精辟的艺术主张密度太大，太坚硬，后人要漫长漫长的时间才能一点一滴地消化。他的创作思想是一个丰富的宝藏。在他作品面前，从艺者如果是个有心人的话，会认真地"吮吸"，而不是肤浅的感动。会战栗，会心酸。

他和罗丹同一个时代，罗丹的光芒强大得使他减了色。罗丹的艺术手法"人缘"好，观众较容易登入堂奥；布德尔的手法渗入了绘画，而且有狂放（其实十分谨严）的斧劈之势，堆砌、排列得有时跟建筑几乎不可分割。不只是理论，实践上他明确地提出"建筑性"。

太早了，提得太早了，理论孤僻得令人遗忘。

是逝世不久的郑可先生给我启的蒙，介绍了布德尔的学说。郑可先生的雕塑完全走他的路子。他可能是他的学生。记得他告诉过我，布德尔问过他：

"你来法国做什么？中国有那么伟大的雕塑艺术你不学，这么远跑来这里！"

皇后花园
35cm×142cm
1990 年

郑可先生在巴黎十五年，他诚恳而勤奋。跟年轻的马思聪、冼星海、李金发是一个时期。他从家里卖了猪、卖了房子才买得起船票来到巴黎的，回国以后的日子仍然朴素诚恳得像一个西藏人，连话都说不好，一说就激动。见到讨厌的人他一句好听的话都没有。衣着饮食都很随和将就，就是艺术的认真和狂热几乎像求爱一样。

他比我早回北京一年。艺术方面他知道得太多，也都想成盆成桶地倾倒给年轻朋友。只可惜他是个纯粹广东人，满口流利的广东方言的普通话，语汇又少，几乎令人听十句懂半句，他的诚恳寓于激情之内，初认识的年轻人会以为他在骂人。唉！其实他的心地多么慈祥

题款：
皇后花园（路易十六的老婆）
1928 ANYOINE BOURDELLE
美国教堂

宽怀……

他用了百分之九十九的时间为别人解决一切工艺疑难。不光讲，而且动手做。

他懂建筑学，给清华建筑系谈过"巴黎圣母院拱顶相互应力关系"，给北京荣宝斋设计过雕刻木刻板空白底子的机器；教人铸铜翻砂；设计纪念碑；研究陶瓷化学。他还是一个高明的弗卢（银笛）爱好者。甚至写信给北京钟表厂，说他们的钟表如此如彼之不妥。钟表厂派了几个专家去找他，他把家里收藏的所有大钟小钟一股脑儿都送给了来人，还赔了一顿丰盛的午餐，从此杳如黄鹤，镜花水月……

就是没有再做雕塑。

十五年在巴黎的学习，一身的绝技，化为

法国写生
35cm×65cm
1990 年

泡影。

1948年在香港，因为我开个人画展，他给我做了一个浮雕速写，翻制成铜，至今挂在北京家中墙上。

八十多岁的年纪，住院之前一天，还搭巴士从西城到东郊去为学生上课。住院期间，半夜小解为了体恤值班护士，偷偷拔了氧气管上了厕所，回来咽了气……

前些年他入了党。这使我非常感动。

1952年在香港摆脱最好的待遇全家回到北京。并连忙写信鼓动我回去。在那时他是盛年。他的兴奋和激情远远超过现实对他的信任。1957年他戴了右派帽子。我尊敬和友爱的朋友与前辈们——聂绀弩、黄苗子、吴祖光、小丁、江丰和他都受了苦，也令我大惑不解。我有胆公然申诉的只有郑可先生，我了解他，也愿为他承担一点什么。

我和他一样都没有"群"。没有"群"的人客观上是没有价值的。他一心为祖国贡献了一生，入党是他最大的安慰。没有什么比这样的安排更能弥补他的创伤的。

我匍匐在布德尔的作品脚下，远处是无尽的绿草和阳光。

我太伤心。

郑可先生！如果能跟你一道重游巴黎多好……

「可以原谅，不能忘记！」

  巴黎圣母院里里外外都是人。名气一流，建筑也雄秀可观。我接着前后画了几幅速写。

  正面拱门两旁的圣者群雕刻十分精彩，一个个直立着却富于精微的变化，神情含蓄而深刻。我特别喜欢那个把自己的脑袋托在手上的圣者，这种明目张胆的做法，一定有一个奇妙故事；我的喜爱简单而粗俗，只觉得应了中国流行的一句话，一个人胆子大时人们就说："你把脑袋挂在裤腰上！"或是"你把脑袋托在手掌心！"

  圣者面容真美，有一个跟我的表外甥女长得一模一样，我以前来巴黎时为此还拍过一张照，自然，消失在底片的海洋里再也不会找得到了。

  《巴黎圣母院》故事里的那位"驼侠"，一代又一代，现在换了一位健壮的黑人。他是已经健壮之后才来敲钟呢，还是每天拉着那些大钟之后才健壮起来的呢？只有熟人才会知道。

  千千万万的旅游者都明白他担任了一个历史的光荣任务。他也会打趣地弓起他满是肌肉的腰身告诉你："我是钟楼怪人！！！呵！呵！呵！"

法国写生
35cm×89cm
1990 年

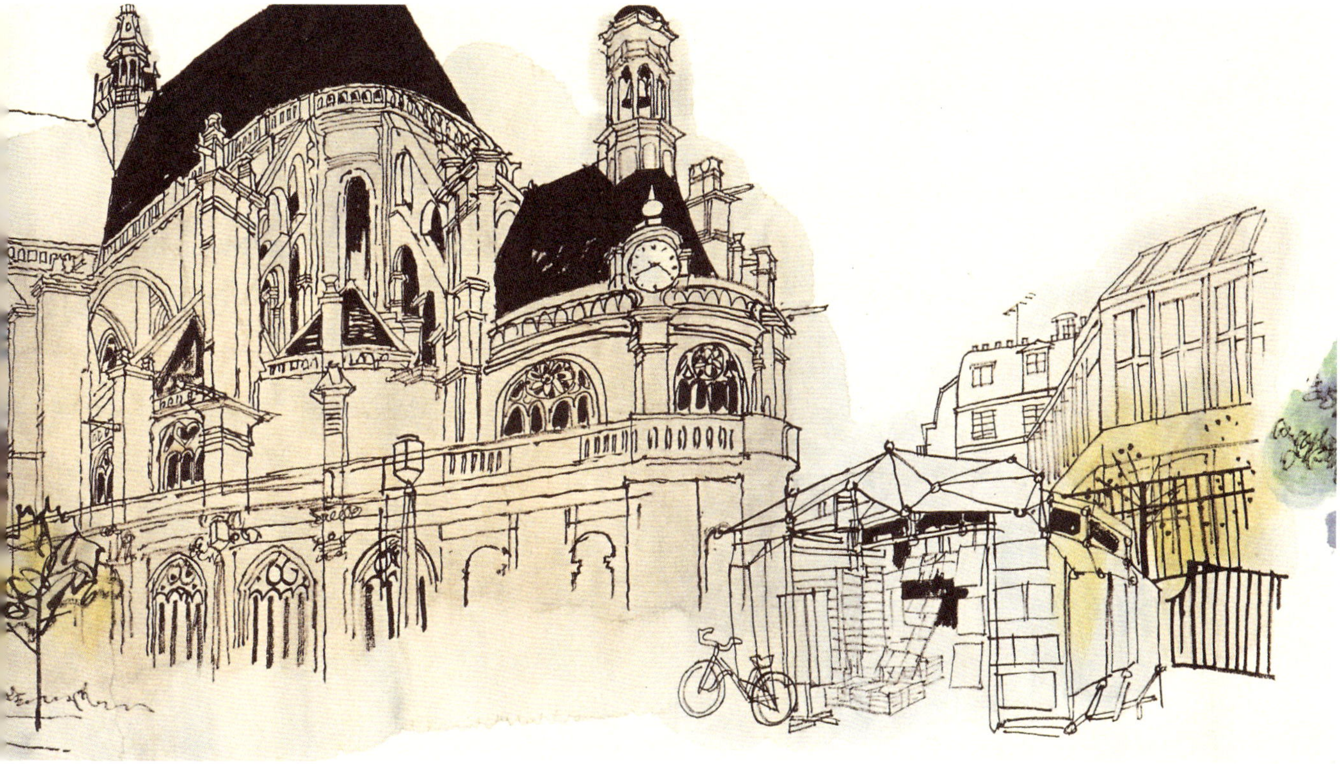

圣母院后街
35cm×65cm
1993 年

题款：
圣母院后街

看起来，他和他的前人一样，都很满足；如果不发生什么惊天动地的事的话。

圣母院左边不远有块草地，不留心的人会以为真的是一块草地。

在一个不大的范围内，是一个纪念馆。纪念第二次世界大战中被法西斯屠杀的几十万死者。

和世上所有纪念馆不同，进入纪念馆的方式是从踏入一条非常狭窄的露天甬道开始的。

花岗岩的甬道和石阶下行只容得下一个人，即使明知顶上有蓝天白云的现实，参观者已感受到囹圄的开端。

石阶的尽头是一块类乎囚徒放风之处，坚硬无比的花岗岩在你四周。显眼的角落石壁上钉悬着生铁铸造的现代雕塑，令人绝望的、比自由强大得多的防囚犯逃跑的尖刺。

走进一个两边几十吨重的大石头的窄门，来到四张双人席子大小的圆厅。左右两边是囚房，直对门口相反方向仍是铁栅锁着的一条通道。几十万盏小电灯泡闪亮着，一个亮点代表一个死去的生命。幽暗、静穆，任何人来到这里，囚犯的心情油然而生。

小圆厅拱顶周围刻满了诗人的诗。阿拉贡代表性的句子刻在正门顶上：

"可以原谅，不能忘记！"

这两句话，令身在"牢狱"之中的我，吞咽不下。

从窄门来到"放风处"，我一直在沉重地思考。

朋友问我，我说：

"原谅了，也就很快忘记了！……怎么能原谅呢！杀人魔鬼面前非理性的残酷手段，你原谅了它也不领情！原谅了，'不忘记'中，还能剩下什么实质性的东西？

"是我，我就说：'绝不饶恕！绝不忘记！'"

……

容忍、宽怀、重建家园、医治心灵创伤，所有的工作，都开始在惩罚了杀人犯之后……

从纪念馆出来，我愁思百结。

历史是严峻的，现实生活却太过轻浮。

我想我这个人，可能是太"历史"了。

一个特别的纪念馆（局部）
35cm×15cm
1993 年

题款：
一个特别的纪念馆坐落在圣母院左侧草地之下，纪念二次大战被法西斯屠杀的几十万死者和战斗者。

圣母院侧小街
35cm×65cm
1993 年

题款：
圣母院侧小街

洛东达咖啡馆的客人

洛东达咖啡馆换了几代主人了。洛东达咖啡馆在巴黎有好几家。据爱伦堡的回忆录所说,当然是拉斯巴耶街和蒙芭娜街拐角的这一家。

我到巴黎,必上这儿坐坐。

咖啡说不上好,喝好咖啡要去意大利。

现在洛东达咖啡馆食品卡封面就印了许多历年客人的签名,德加、莫奈之外,还有莫迪里阿尼、毕加索、布拉克……当然这是毕加索辈鼎鼎大名之后才补上的。

爱伦堡的《人·岁月·生活》写下了他年轻时代跟里维拉(墨西哥)、莫迪里阿尼(意大利)、毕加索(西班牙)、布拉克(法国)……世纪初在一起鬼混的记录。真是凄怆和动人。特别提到的是洛东达咖啡店。这是他们的"党中央所在地",每天在这里集合,臧否时事,粪土人物,舒展心肺。很便宜的一杯茶可以坐上半天。年轻人的调皮撒赖,身体好,加上来历不明,洛东达的老板纵使脾气不好,也要考虑退让几分。

那时,第一次世界大战都还没有发生,十月革命自然提不到日程上。列宁和妻子克鲁普斯卡娅住在巴黎。爱伦堡是个犹太孩子,才十八岁,自以为是个伟大的普希金式的诗人。他时常去列宁家,克鲁普斯卡娅弄饭给他吃。其实他主要就是去混这顿饭。有时自然也帮列宁传递一点不太重要而自以为是神秘的文件给其他人。他游徙于"革命"的边沿,而列宁夫妇却喜欢这个"懒懒散散"的年轻人。甚至读他写的诗。有一天,克鲁普斯卡娅把爱伦堡叫到一边,当作一个喜讯告诉他:"伊里奇(列宁)读你的诗了,哈哈大笑,说'这个小蓬头鬼写得不错咧!'"

洛东达咖啡馆
35cm×38cm
1990 年

题款：

我画了两幅洛东达咖啡馆

列宁不喜欢新诗，虽然年轻的马雅可夫斯基名气很大，又是斯大林和高尔基认为"对革命有推动力的诗篇"的作者同志，列宁不承认那是诗，他嘲笑地朗诵："……左边走！左边走！向右的是谁？"这些句子，眼泪都笑出来了。斯大林想说服他，他一边擦眼泪，一边摇头说："不！不！这不是诗。要他们去读读莱蒙托夫、普希金、涅克拉索夫吧！……"

爱伦堡一直是个快乐的革命同路人，直到他逝世。活了八十多岁。苏联需要这样的党外人士。他的政论是活泼而机敏的，没有"党八股"的腔调。连斯大林也喜欢看。既然这么喜欢，为什么不叫大家学爱伦堡呢？不！一个爱伦堡就够了。爱伦堡和A.托尔斯泰、帕斯捷尔纳克、巴乌斯托夫斯基都是党外人士，思想气质和境界也都相似，但他的运气好，列宁逝世以后，斯大林和他友善，高尔基也爱护他。

德军攻打列宁格勒，战事危急万分，爱伦堡半夜三更收到一个电话，对方温柔地告诉他："我是斯大林。伊里亚！《巴黎的陷落》只有上半部，为什么你不写下去呢？我等着看呢！别理那些混蛋批评吧！让我来对付那些批评吧！"

爱伦堡是个被戴着颈圈的自由主义者。抽烟喝酒他自承是个"法国派"。苏联的文化正统派，日丹诺夫领导下的文坛棍子法捷耶夫轻而易举地整过《静静的顿河》的作者肖洛霍夫，却对爱伦堡"恨莫能揍"。

爱伦堡这个人就是《双城记》中的卡尔登，《战争与和平》中的比尔。信念和正义藏在心头而混迹于五彩缤纷的尘寰。他世故而又孩子似的天真。任何形式的"教堂"都容不下他。

让人记挂的地方——洛东达咖啡馆

俄罗斯有强大的文化阵势和根底，但很少有与西欧文化绝缘而有成就的文人。近代的托尔斯泰、屠格涅夫、契诃夫，甚至高尔基都在欧洲住过。俄罗斯大地给艺术家无比幻想空间；而欧洲文化给他们的幻想赋予了某些可能性和实质。

就是这样的爱伦堡能曲扭而艰难地活了将近一个世纪，写下了作为历史的见证的那一段年轻的、动人的艺术生活记录。

那时毕加索和布拉克从马德里、里维拉从墨西哥、莫迪里阿尼从翡冷翠、爱伦堡从莫斯科……来到巴黎不久，他们在蒙马特合租了一幢房子，大家合住在一起。

里维拉是谁呢？墨西哥现代绘画的奠基、创始者之一。名气大到说出来要把你吓一跳，曾是共产国际领导下的墨西哥共产党党中央主席。托洛茨基逃亡到墨西哥，就住在他的家里，后来，斯大林派人把托洛茨基用斧子劈了脑袋，这事也发生在里维拉的花房中。所以后来里维拉被人称为"托派"。其实也天晓得，托不托派，当时谁知道有那么可怕的怪名声。只不过一种政治主张。唉……

里维拉年轻时就是个胖子，下眼睑翻吊着，气喘，张开眼也能睡觉，力气大，惊人的是他大白天张着眼的梦游症，摸到什么打什么。魔鬼下凡，毁灭一切。这时候大家就小心翼翼地从背后一下子擒住他，捆起来，按在床上。这毛病是说着话说着话就来势的，防不胜防，比羊痫风吓人得多，制服起来费力得多。爱伦堡说，里维拉正常时候是个温和宽厚的人，后来回墨西哥去了，一生演出了不少上头所说的故事。

毕加索和布拉克人们说得太多。值得一提

的是毕加索第一次卖掉一幅画的情景。钱不多，招来了大群哥儿们的狂欢。爱伦堡建议上洛东达，十几个男女，包括害肺病的莫迪里阿尼和他美丽贤惠的妻子简妮。

"发了财"的了不起的神气使洛东达老板矮了半截。这种气氛的压力之下他明白，不幸的事将要开始，今后这帮暴徒可能要用画作来付款了……

莫迪里阿尼是翡冷翠人，他没有考上翡冷翠的美术学院，只做了个旁听生。我女儿告诉我："莫迪里阿尼连当我同学的资格都没有，只好上巴黎去做世界一流大画家！"

三十七岁的莫迪里阿尼害肺病死了。

勤奋、智慧而贫穷，自然容易夭折。那么早的成器！如果跟毕加索一样长寿，后人会多么受益！

上午，哥儿们一齐把莫迪里阿尼送进墓地，下午，美慧的简妮跳楼自杀……

我手边没有爱伦堡的《人·岁月·生活》，却是带着这些忧伤的故事坐在路边为洛东达写生。年轻体面的老板来过几次，看看我的画画好没有？最后又走出来，客气地问我卖不卖？当知道我要带回东方去的时候，温和地点了点头……

这只是一个让人记挂的地方。坐在靠街座位那一群叫嚣的年轻人，如果他们是画画的，希望他们的创作和爱情，更多的和毕加索的好运接近一点。不那么愁苦，不那么忧伤，让美丽的简妮活着……

洛东达咖啡馆
35cm×48cm
1990 年

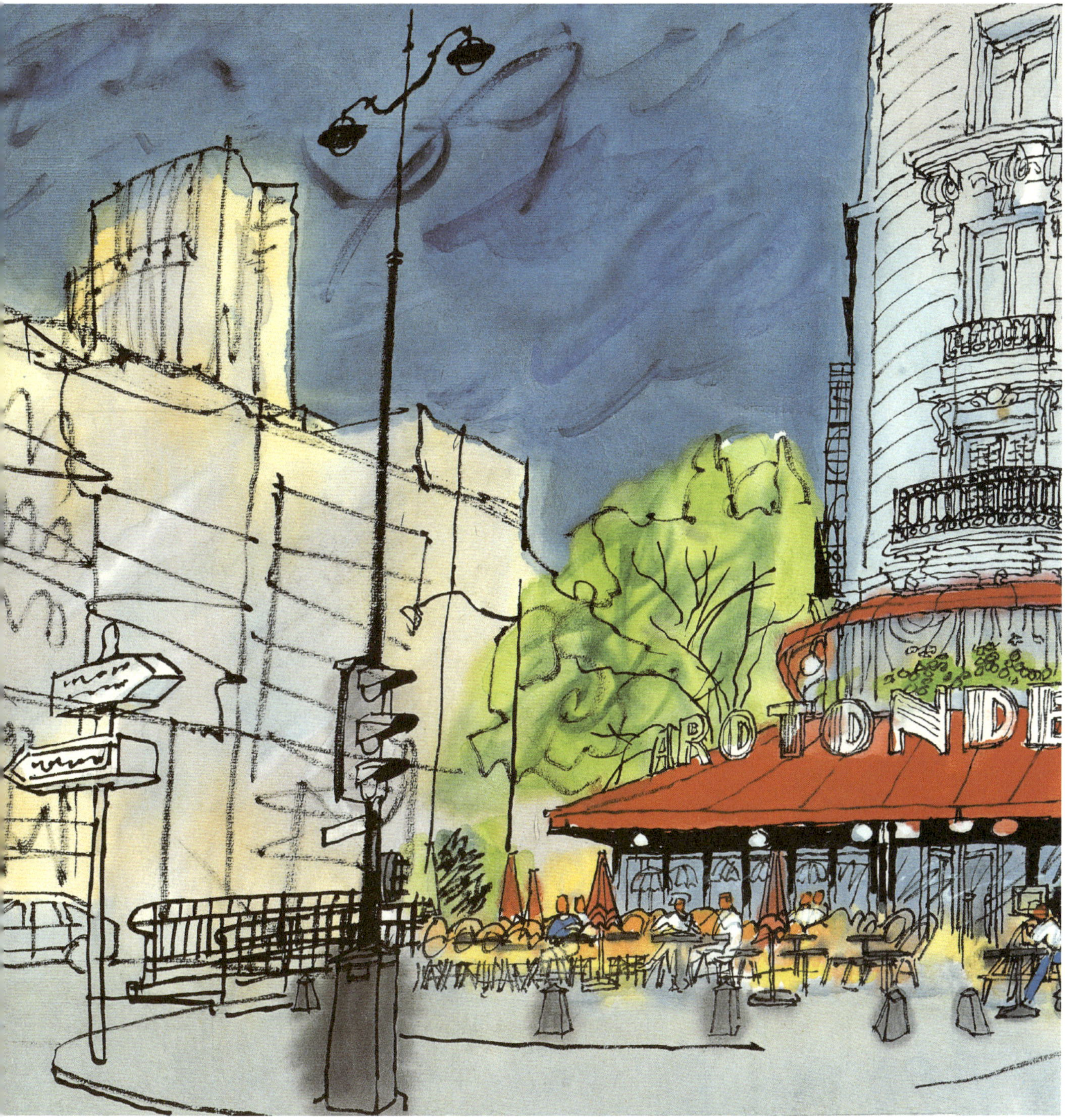
AROTONDE

梵高的故乡

"屋外走蛙式"。

多么古怪的一个名字。实在找不出合适的中国字来顶替它的音译。

这是一个小镇,离巴黎两三个钟头的汽车路程。因为梵高在那里生活和逝世而得名。那些教堂、市政厅、故居,以及田野山丘还原封不动,引来许多包括我在内的好事之徒的访问。

梵高与跟他相依为命的弟弟的墓葬都在山丘上的坟场内。两兄弟墓碑并排,让一些翠绿的蔓草连在一起。是梵高为其画过肖像的医生——嘉塞先生(Dr. Gachet)替两兄弟办的后事,是位真诚的有心人。

梵高的弟弟好像是为了照顾可怜的哥哥才来到这个世上似的;梵高一死,弟弟第二年也跟着离开人间。

梵高一生只卖过一幅画,是弟弟安慰哥哥而设计的善心的圈套。

梵高在热闹的人间那么孤寂,逝世百年之后,人们残酷地拍卖他的画作,画价高如天文数字,足够买得下当年一万个活梵高。

"屋外走蛙式"镇子不大,寥落散漫,也不好看。由市政厅小方场自转一周,即能找到梵高画过的好几幅画。连摆木床和椅子的房子在内。

他没有什么地方好去,巴黎太远,他只好画四周的风景,画遍了每一个角

依偎着的梵高兄弟
35cm×66cm
1990 年

题款：
依偎着的梵高兄弟
永玉写 一九九〇
印文：
永玉 黄

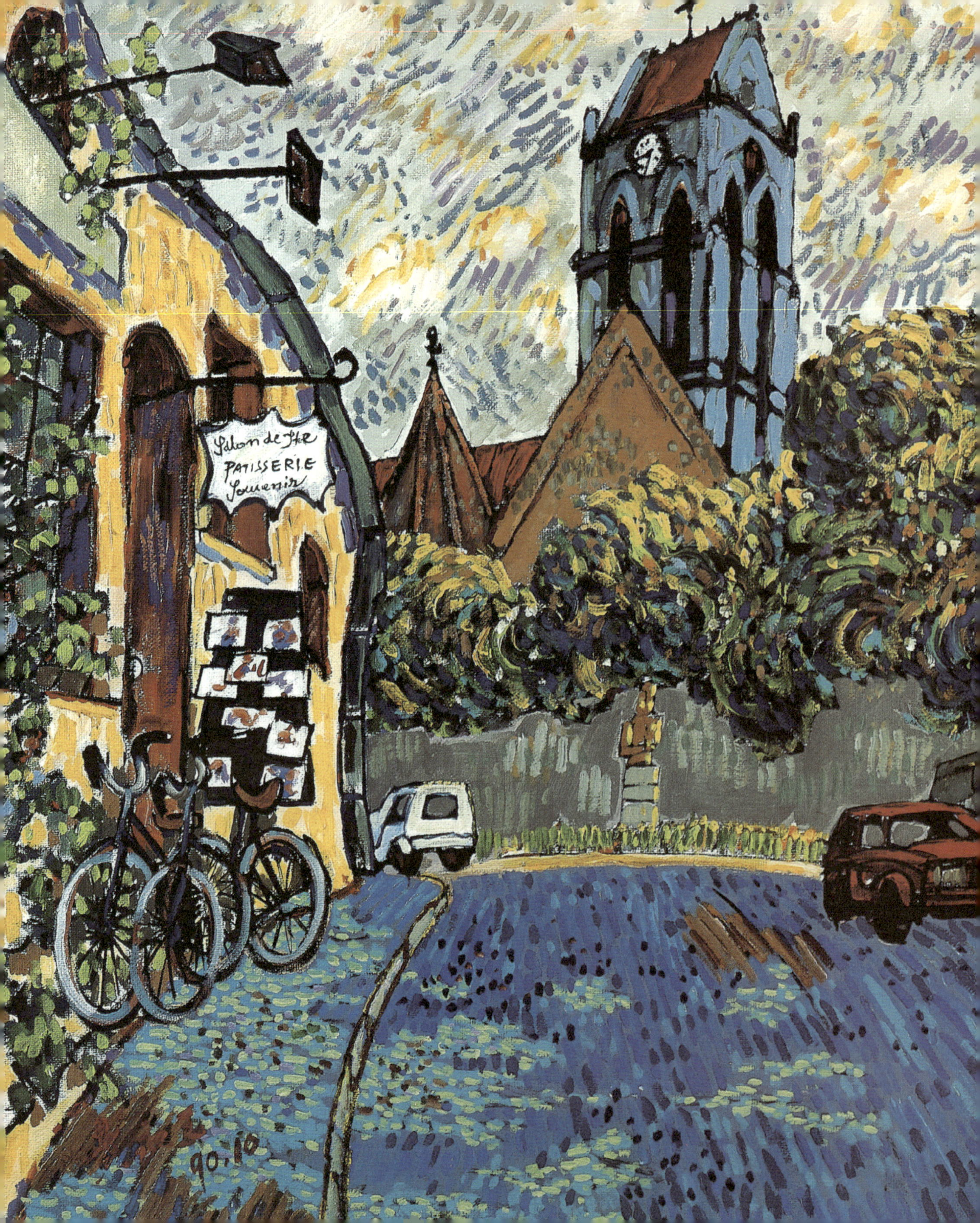
Salon de The
PATISSERIE
Souvenir
90.10

落。现在，每一个角落都打着梵高的旗号在做生意——梵高画店、梵高咖啡店、梵高饭馆、梵高旅店、梵高百货店、梵高画廊、梵高汽车服务。

梵高短短的十年美术生涯，一个没习过基本功的人，初出茅庐就打算靠画画吃饭，未免太自信了。他就是依靠这点自信活了下来。同时还接济着一位带着几个孩子的寡妇。及至他逝世之后，这区区自信给我们居住的小小寰球来了一次很艺术的地震。人们瞠目结舌几年也难得复原。

一个人出了名，到处都有人跟他认同乡。梵高是荷兰人，生前住在这里是因为房钱便宜。那时，有谁会理会这个长满红胡子的怪脾气的荷兰人呢？

肯定梵高的画也算是一种画，而且是好画，既要有远见，还要有特别的勇气。

梵高的观念和梵高的教堂
100cm×100cm
1990 年

巴黎——桥的退思

世上所有的大桥小桥都是难忘的。

当人不高兴、忧伤的时候，你问他，你喜欢桥吗？你一生走过多少好看的桥？他情绪会舒展开来……

桥跟人的微妙的情绪末梢连在一起，个人的玄想，爱情的始末，甚至绝望，如果有一座桥就好了。桥时常跟人商量事情，帮你做一些决定……

"我看你就嫁给他吧！你看天气这么好！"

"走！远远地走！……"

当然也会发生不幸的结局——

"既然这样，活着没意思，勇敢点！从我这儿跳下去吧！"

每一个人都有自己心中的桥。桥不断创造美丽的回忆。……

巴黎桥上没有相同的灯。

桥是巴黎的发簪。

俄国沙皇要来巴黎做客，法国皇帝便造了一座辉煌华丽的桥来欢迎他。造桥成为一种炫耀的方式。

有一幅宋人画的题目起得实在好：《长桥卧波》。

桥卧在波浪上面，人在桥上岂不很妙？桥的确令人油然而生卧波的心旷神怡之感。

人问孩子：鼻子干什么用？

回答是：产鼻屎的；

又问：脑袋有什么用？

回答是：长头发的；

又问：腿有什么用？

回答是：穿裤子用；

最后问：桥有什么用？

回答是：过船用。

罗浮宫外大桥
35cm×65cm
1990 年

亚历山大三世桥
35cm×98cm
1990 年

题款：
亚历山大三世桥，为欢迎他来访所建。
后为著名之荣军院。

只有桥的回答具有超脱了实用主义的诗意。船从桥下穿过,曾给回忆中的孩提时代带来多少欢欣!

朱雀桥、灞桥、午桥、天津桥……古人也是喜欢在桥上做些动作的。

"谁在天津桥上?杜鹃声里阑干。"桥的景致真是千变万化。

罗丹的巴尔扎克雕像

罗丹是一个人的名字,又标志一个时代的开始。

他不像米开朗琪罗有空还写写诗。他从心底到身历都很忙,没时间去弄文字这类的事。所谓的"罗丹艺术论",是学生记录的笔记汇编。罗丹这个人妙语珠玑,思路淋漓,记下来就成文章。

对于罗丹的创作,时时出现有趣的怀疑和争论。那个站着伸腰的男子像,原是他战壕中的难友。有一天在街头遇上了,罗丹邀他来画室做的这个雕塑作品,却被人认为是用活人翻制出来的工艺。一些美丽而微带朦胧的女大理石雕像,人们说是用泥浆淋在泥雕塑上再用大理石仿刻的。

人们对于陌生现象往往反映出自我见闻的十分局限。

几十年前,我家乡一些人对所有的科学和机械产品都采用非常简单的结论,要不是有"药水",就是有"发条"。

对待罗丹也是如此。他太权威,这是早就形成的,因此不需在名分和实力上跟人拼搏厮杀。不是忍让,是不屑一顾。

他用十年时间做成了巴尔扎克像。这当然是划时代的、无与伦比的大作。但人们不理解,不接受;连某些高明的鉴赏家也不接受。罗丹毫不惊慌愤怒。美国和别的国家乘虚而入的艺术掮客和收藏家要收购这件作品,罗丹也不理会,只退回了法国文学家协会的订金。风度真好!可恶的文学家协会竟然登报声明,不承

巴尔扎克
35cm×55cm
1990 年

题款：
巴尔扎克像在洛东达咖啡馆附近，拉斯巴耶街和蒙巴（芭）娜街拐角处。

认罗丹的巴尔扎克像是巴尔扎克像。

你们算什么东西？你们不承认罗丹的作品，罗丹的作品就不存在了吗？于是文学家协会进一步邀请了蹩脚的雕塑家华尔切来重新雕塑巴尔扎克，华尔切偷窃罗丹将巴尔扎克穿晨衣的构思，做出一件被人遗忘的作品。

也真怪，世上不少人创作的目的是为了被人遗忘！

罗丹的巴尔扎克像点燃了人们的聪明，从公园的角落里被抬了出来，重新安置在一个光耀的位置上。

罗丹一定见过中国古人做过的达摩像。巴尔扎克披着晨衣的姿势和神气太像达摩。他赋予那点精神，比巴尔扎克还要巴尔扎克之极！

应该细细揣摩罗丹对付泥巴的技巧。捏一团泥巴往嘴上一按就是胡子，就是眉毛，挖一个深洞形成了额角和深邃的眼睛，多奇妙！多杰出！这个小小技巧的展示，为雕塑世界开辟了多大的领域！

波特莱尔告诉罗丹关于塑造巴尔扎克形象时说过："你在创造一个元素的形象！"

当然如此，在艺术上，罗丹本来就是一个专门发现艺术元素的人。

翡冷翠情怀

意大利的日子

来翡冷翠快半年了。

租了一套幽静的房子在女儿的邻近。这地方名叫"莱颇里"。松林和花树夹着两排面对面的三层住宅,形成和外界隔绝的单独区域。

左边一道长满绿菖蒲和开满金黄小花的婀娜河的支流——古老的木约奈河,据说这条小河是翡冷翠文化的发源地。

走十几步来到河边,许多野鸟、鹬、水鸭在这里做窝,间或还能看到母鸭带着一队鸭仔从跟前走过。

老头老太太们对野鸟们是心中有数的,早晚带着饼食来喂养它们,给每一只鸟起名字。一叫,它们便会拢来。

房东是一位九十多岁的老太太,粗壮矮小,声音洪畅。每到月初她便从几十里外的自己住所开车回到莱颇里,进门就说:"我不是来收租的!我不是来收租的!只想来看看你们!"然后把房租钱取走。

她开的是一架老菲亚特,快而狠。警察已对她说过几次,她"不该再开车了!"她摊开双手对我们说:"你看!他们不让我开车!为什么?为什么?哈哈哈……"

女儿的房东则是个八十多岁的老头子,翡冷翠报馆的退休工人。他有个当工程师的哥哥也住在这里,都是矮矮的个子。做弟弟的很为当工程师的哥哥自豪,口口声声我哥哥长、我哥哥短。我的房东是这位哥哥当年的女朋友,这套房子是得到哥哥的帮忙才顺利租得到。他们俩一见面老是手捏着手不放,悄声说着没完没了的话。哥哥的太太住在三楼,偷偷观察这个现象。哥哥的太太脾气怪,不跟人说话,不喜欢猫。遇见女儿的猫她就顿脚,吓得猫不敢回家。事情到此为止,也没有坏到哪里去;一

菲埃索里远眺
35cm×91cm
1990 年

题款：
菲埃索里远眺 近处是难以想象的婀娜河上游
黄永玉 九〇年
印文：
永玉

年顿这么一两次脚也算不得太大的恶感。

　　小河对面就是菲埃索里山了。山上有许多古老华贵房子，年代可追溯到文艺复兴时期之前的古罗马时代。进入莱颇里对山迎面的那座大建筑，《十日谈》的作者薄伽丘就在那里住过。

　　听过一种说法：世界上最好的住家在意大利，意大利最好的住家在翡冷翠，翡冷翠最好的住家在菲埃索里山。山就是薄伽丘住过的房子这一带。

　　每天早上，人们见面总是互相问安，平时碰头了，认不认识，都道一声好。突然出现的大小困难，都奔跑过来帮忙解急。

　　市中心区太多的吉卜赛人流窜。偷扒东西，造成游人旅客的惶恐。吉卜赛人有一套战略，通常都派妇女儿童出阵。用一张折叠的报纸，上头写着告求的字样，堵在你的胸前，仿佛让你去读一读这些堪怜的内容，其实另一只手却在掏你的钱袋。发现了，他不过只是个儿童或妇女，骂，听不懂，打却不行。他们逃跑得不远，三五十米远就又散起步来，抓不胜抓，也没有发落的地方。一般地说，吉卜赛人不偷本地人，但本地老人们有时也逃不脱这遭厄运。

　　他们从电影里看到"中国功夫"，遇见中国人不免有些迟疑，要多花一些时间构思行动方针。中国人则互相转告这个讯息，遇见吉卜赛人拢身，不妨装一下"中国功夫"架势，百分之九十能解脱困境，如果再配上一点表情，收效几乎是百分之百可靠。

　　对吉卜赛小偷，他们经常帮忙追捕，抓着了，取回赃物即算完事，各走各路，不打不骂，只稍稍责备几句。吉卜赛人这几年来多了，因为意大利人心地好，尊敬上帝，他们钻这个空子。

　　街上有许多年轻人，也喜欢美国那些怪里怪气的服饰，也骑着摩托车轰然一声从你跟前开过，但待人接物却是出奇地温和讲理，尤其是尊敬老人。稍不留意，老人就会责备，而年轻人则俯首帖耳，不敢作违拗的反应。

　　生活被一个古老的优秀文化制约着，应该活跃，越轨不行！

莱颇里远看菲埃索里山
35cm×50cm
1990 年

题款:
菜颇里远看菲埃索里山 黄永玉 九〇年九月
印文:
永玉

每天的日子

单调之极,但不讨厌。

早晨很快到晚上,躺下一觉又到第二天。晃眼半年就过去了。

语言不通,路不熟,没有中国书报看,没有喜欢的音乐听,少中国人来往,不会喝酒,名胜古迹、博物馆去一两次就够了,衣服、皮鞋该买的都买了……

这样的日子能受得了吗?能的。

也算是一种涵养。当年的劳改农场、牛棚这类炼丹炉毕业出来的人,还有什么日子过不下去的?单调算什么?

在翡冷翠,我算是度过了半个夏天、一个秋天和半个冬天。每天画十小时以上的画,鬼迷心窍,有时连烟斗都忘了点,还觉得时间太少。

在香港我跟朋友研究,去意大利打算完成三十幅油画,做三件翻铸成铜的雕塑带回来;告诉妻子,在意大利要住半年。他们都半信半疑。

时光倏忽,打点归途行装的时候到了,发现将要带回家的是四十幅油画,八件雕塑和一些零星的画作,禁不住要学着人猿泰山站在树上的姿势,来一个仰天长啸!

人忙起来,往往就顾不上单调。常听人说不知道如何打发日子,只是因为他太有空的缘故。

做文化艺术工作的人,骨子里头太多估计自己的神圣意义。把历史的评价和自信混

他乡
100cm×100cm
1990 年

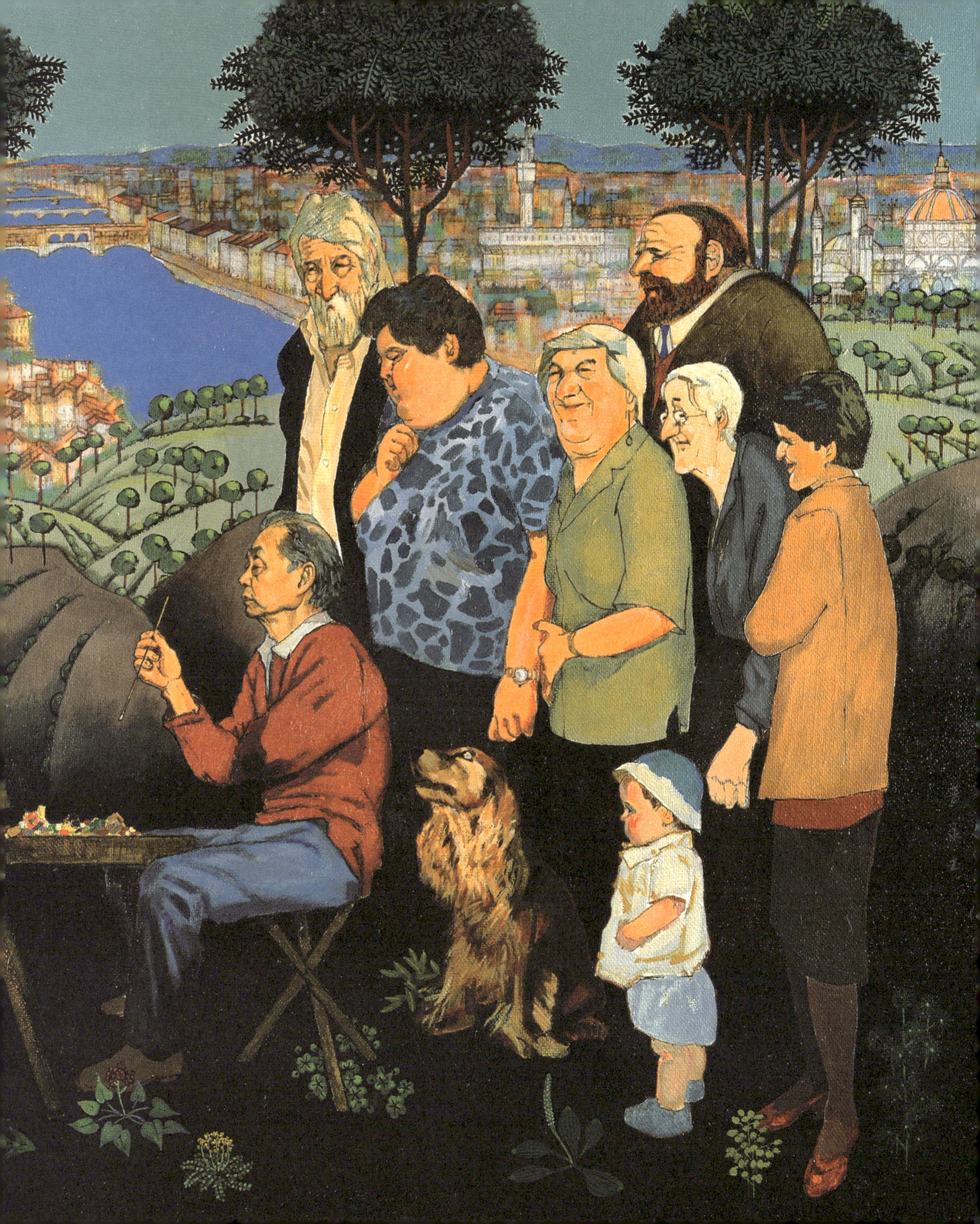

淆一起。你也做事，别人也做事，大家都在做事；才把世界弄得有声有色。文化艺术本身就是个快乐的工作，已经得到快乐了，还可以换钱，又全是自己的时间，意志极少限度地受到制约。尤其是画画的，临老越受到珍惜，赢得许多朋友的好意，比起别的任何行当，便宜都在自己这一边，应该知足了。

伟大，聪明，全面，精确，谁比得上列奥纳多·达·芬奇。他不吹，不打着建立学派、替天行道的旗帜。他也是人，但你不能不匍匐在他的脚下。

如果说，我在翡冷翠的日子有点收获的话，那就是"知足、知不足"的启示；并且快快活活地工作下去。

我喜欢朋友称赞我，听了舒服；但也真诚地不怕挨骂。原因就在于我的心手都忙，顾不上琐碎的恶意……

莱颇里出去的汽车来往的小街有一家咖啡馆，老板是同街坊的中年人。有时我一个人散步到他那里喝一杯咖啡。小小的杯子，才一小半的容量，大约五茶匙吧！炼乳似的浓度，一饮而尽，颜面肌马上收缩着形成根本不想笑的笑容。浓咖啡发作得快，一千里拉（港币六元多）发作一次，本地人一天这么两三次，站在柜台前东聊西扯。我知道，我一走出铺子他们就会聊我。只有放肆的猜测，绝不造成伤害。

这老头儿是日本人——不，中国人——温州的？不！香港的——旅游？——不！画家。来女婿家住——永远？——不！短时期——找不找工作做——五十岁吧？——六十——七十——八十——女儿十五——二十——

三十——？？？——他画得怎么样？——没见过——吓！这中国人……

有一晚，门外一只托斯卡纳的玛里玛摩白毛大牧羊犬在张皇地徘徊，风冷，我们连忙拿一些食物和水给它，几下全吃光了，再给，又吃光了。一位严肃高大的留胡子的老头也端来意大利粉，也给吃光了。它很凄凉，轻轻地哽咽。

屋子暖和，哄它进了屋，巡视全屋之后它在客厅躺下了。这一晚我睡在客厅的沙发上，感慨和不安弄得终宵不眠。它的蓝眼睛时不时地看着我，我轻轻地跟它说话，这时，门铃响了，老人走进来说：

"明天请你们打电话通知动物协会。看看有没有丢失遗弃它的主人。如果你们想留下它，也要先到动物协会去登记，找不到主人才有权收养。明天我还会带东西来给它吃……"

我没有胆子在眼前这种情况下收留这只巨狗，只是为它的主人的疏忽大意或是狠心让它过流浪生活而难过不安。

女儿和我的爱好相同，我们心中都在暗暗盘算，明天我们会到动物协会去的，暂时，我们可以喂养直到找到它的主人，万一……呢，勉强收养它也还下得了决心……但那是非常非常大的负担……

第二天一早，狗就走了。从草地上远远地走去，直到最后一颗小小白点的消逝。

想必它找到主人了。

这种生活的火花是难得的。半年来才这么一次，震动了我们情感的心弦。

我每天都忙于画画，很少上街，要不是添置颜料的话……

也谈意大利人

读一读路易吉·巴尔齐尼的《意大利人》这本书,可算是摸到一点点意大利和意大利人的脾性;甚至找到了作为异国人的自己在意大利所处的恰当的位置。我建议到意大利小游和长住的朋友们,不妨买一本《意大利人》带在身边,厚不满寸,思想和文采一流;既增长见识又启发聪明,令人产生一种前所未见的贴身的信任和快乐。

这位活了七十六岁的意大利人意大利风格地介绍意大利,几乎信口开河,随手拈来,占了自己是意大利人的方便。他的老前辈马可·波罗写起中国游记,就远不如自己中国人的孟元老写的《东京梦华录》汴梁景象;杨衒之撰的《洛阳伽蓝记》洛阳风物那么充实感人。

这都是没有办法的事。历来彼此间所创造出来的"遗憾的美丽",确实也给世界上文化放出过异彩。普契尼《图兰朵》的中国、《蝴蝶夫人》的日本岂不都是"天晓得"和"哪里说起"的事?艺术似乎也在担当一种教育人们宽宏大量的任务,从而能欣赏历史正确和谬误之间触发出的幽默的美感。

佛罗伦萨全景
33cm×516cm
1986 年

查良镛四十年前送过我一部他翻译的美国记者写的书《中国震撼世界》。其中说到他有一次黑夜里被带到一个解放了的小村子里，被一群惊奇而热烈的农民团团围住，但不知道该弄些什么东西让这个满手长毛的美国客人吃饱肚子。一位据说在城里见过外国人的内行走出来，手指顶着这位记者的脑门对大家说："他最爱吃甜东西！"

于是满满一盆煮熟的，剥了壳的鸡蛋和一碗白糖摆在客人面前。

"吃！"大家热烈地叫将起来。

陌生，好奇，充满善良的祝福意愿。

一个波兰朋友在拿波里大学教书，他给我讲过一次在海边散步的遭遇。

"两个青年骑着一辆900CC的摩托车迎面冲来，停车之后对我说：'手表！钱包！你这个美国婊子养的！'

"那时海岸静悄悄，四顾无人，眼看逃是逃不掉了。脱下手表，取出钱包交给他们俩，只好苦笑着摇摇头，自己轻轻地说：'我不是美国婊子养的，我是波兰人……'

"'呀？你是波兰人？你真是波兰人？'然后两人又互相看了看说，'……他说他是波兰人……'

"'对不起，我们一点也看不出你是波兰人，没有说的，很抱歉……'钱包和手表交还给我，接着是跨上摩托车扬长而去，直到远处剩下一个小小的黑点。

"黄昏的海边散步毕竟给打搅了，忽然发现远处那个消失的小黑点越来越近。两个青年又回来了。

"他们真的来到我跟前，没等我重新脱下手表，其中的一个说：'真是抱歉，我们完全看不出你是波兰人……嗯！我们可不可以请你一起去喝杯咖啡？……'

"意思当然是诚恳的，何况我在惊悸之后，早已丧失拒绝的主动性，便跟着他们来到一家咖啡馆。

"喝咖啡，谈到波兰的苦难和我七十年逃亡的经过，令两个青年很感动……"

下面说的是另一个故事。

前几年我在巴黎遇上了一个老学生，后来我回意大利后他又到意大利来看我，一起在罗马、米兰、翡冷翠、威尼斯玩了好几天。他给我讲起在翡冷翠的一段趣事。这位学生从来向往意大利却没来过，满脑子崇敬思潮。他一个博物馆一个博物馆地朝拜，最后来到"老宫"旁边的"乌菲奇"博物馆门前。

"太神圣了！"他说，于是他把所有的可怜的川资买下了大大小小的纪念品和明信片。

四个钟头的博物馆路程，观赏尽世界珍品，他冷静了下来。坐在走廊的长椅上，后悔买了无用的纪念品。出门之后，他走向卖纪念品的意大利胖子，打着手势夹杂着生硬的英语、法语，希望能退这些纪念品而能把原来的钱取回来。意大利胖子懂得了他的意思，慷慨而狡猾地退回他五分之一的钱。

一番言语不通的争吵招来一大圈围观者，意大利胖子登时编造出鄙薄我这位学生的理由，引来大家十分动容的同情，这是很容易看得出来的。

我的学生有口难开，慌乱加上气愤，只好走为上策，临别赠言是七八句纯粹的北京土话，内容不外乎他本人要跟那位六十来岁的意大利胖子的老母亲建立友谊之类的愿望的通知。最后还加上一句英语："祝你永远如此这般生意兴隆，上帝保佑你！"

满脸通红地扬长而去。财物两失，十分悲凉。

走了不到五十米，那个意大利胖子追上来了，我的学生连忙脱下背包，准备打架。但那个胖子气喘如牛地走近跟前，双手退

佛罗伦萨全景（局部）

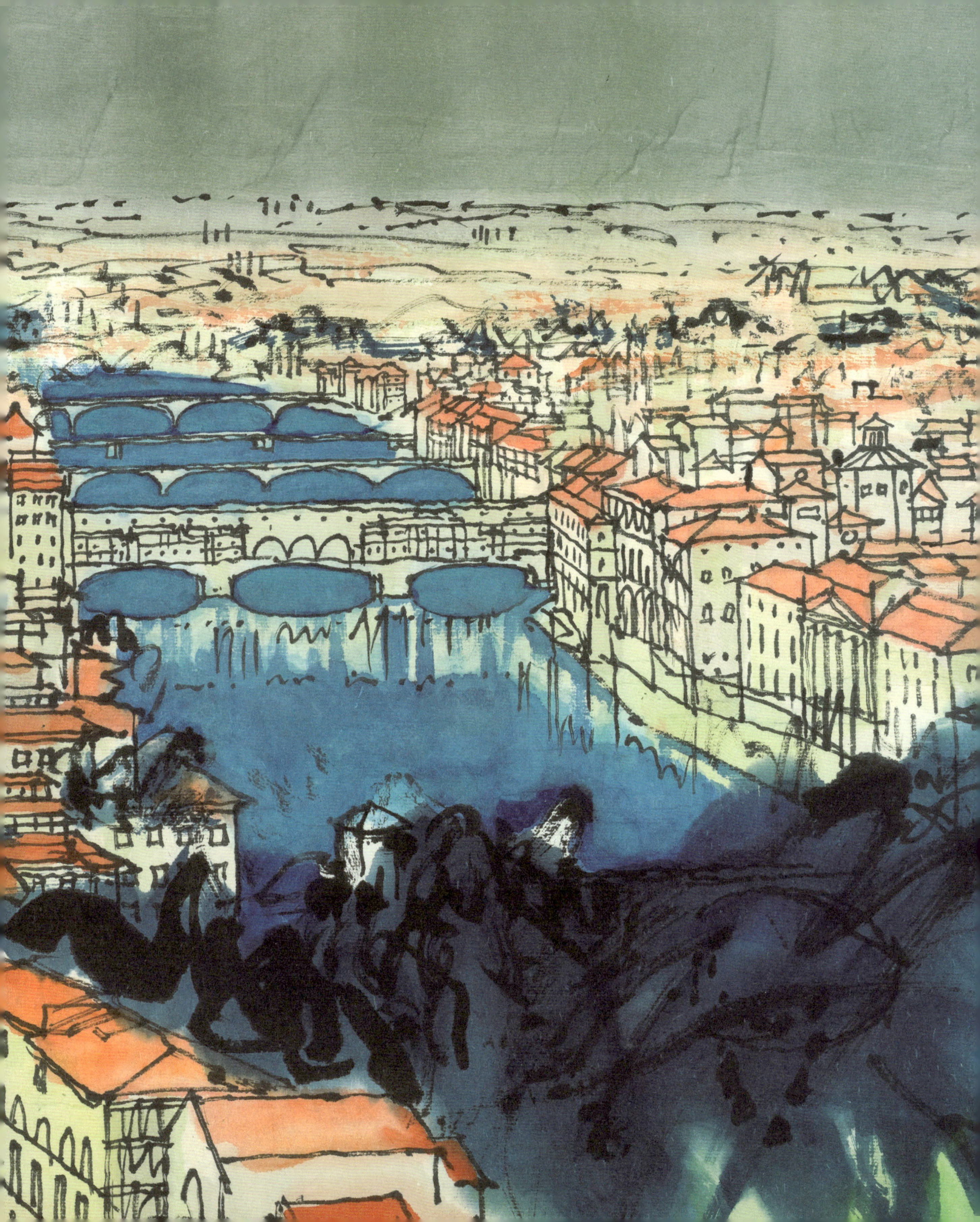

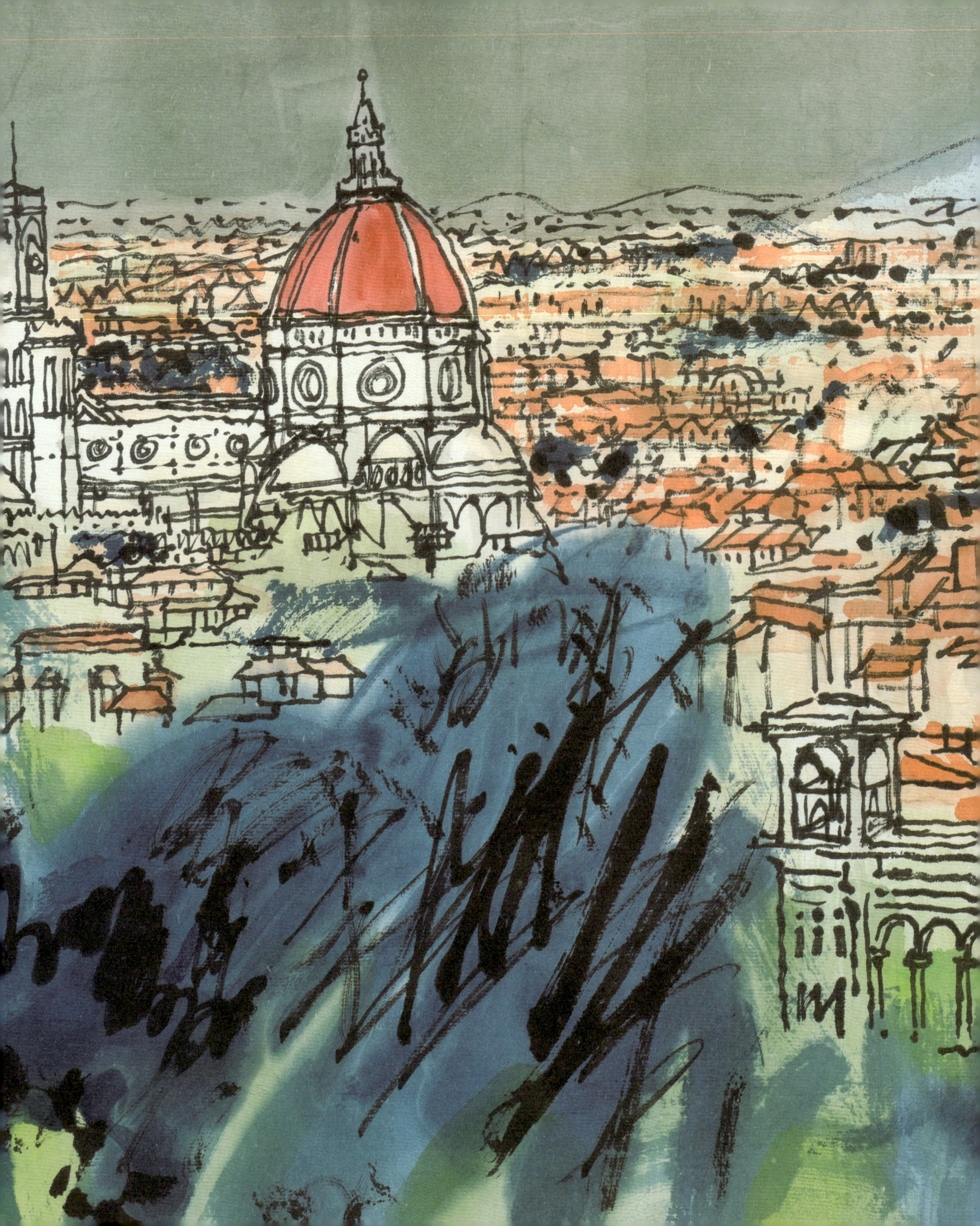

佛罗伦萨全景（局部）

回他百分之百的钱,温柔地和他说话,紧紧地握手和拥抱,微笑,然后走回到摊子那边去了……

我的学生向我解释这突然变化的原因说:"可能我当时提到了上帝……"

虽然故事十分具体而真实,我却是站在很抽象的角度来欣赏这一类的故事和意大利人。

在意大利,你可以用一分钟,一点钟,一天,一年或一辈子去交上意大利朋友,只要你本身的诚挚,那友谊都是牢靠而长远的。

佛罗伦萨全景(局部)

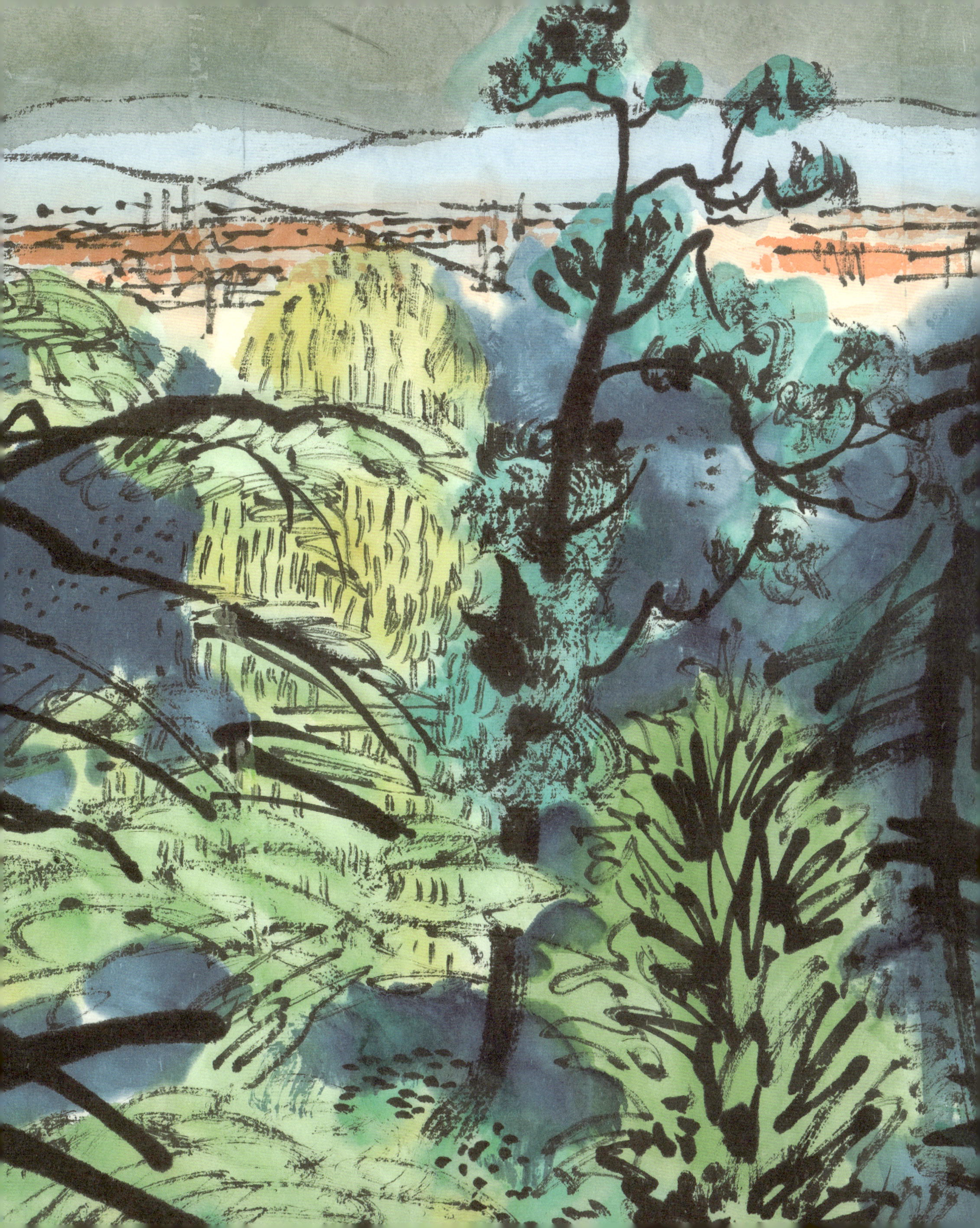

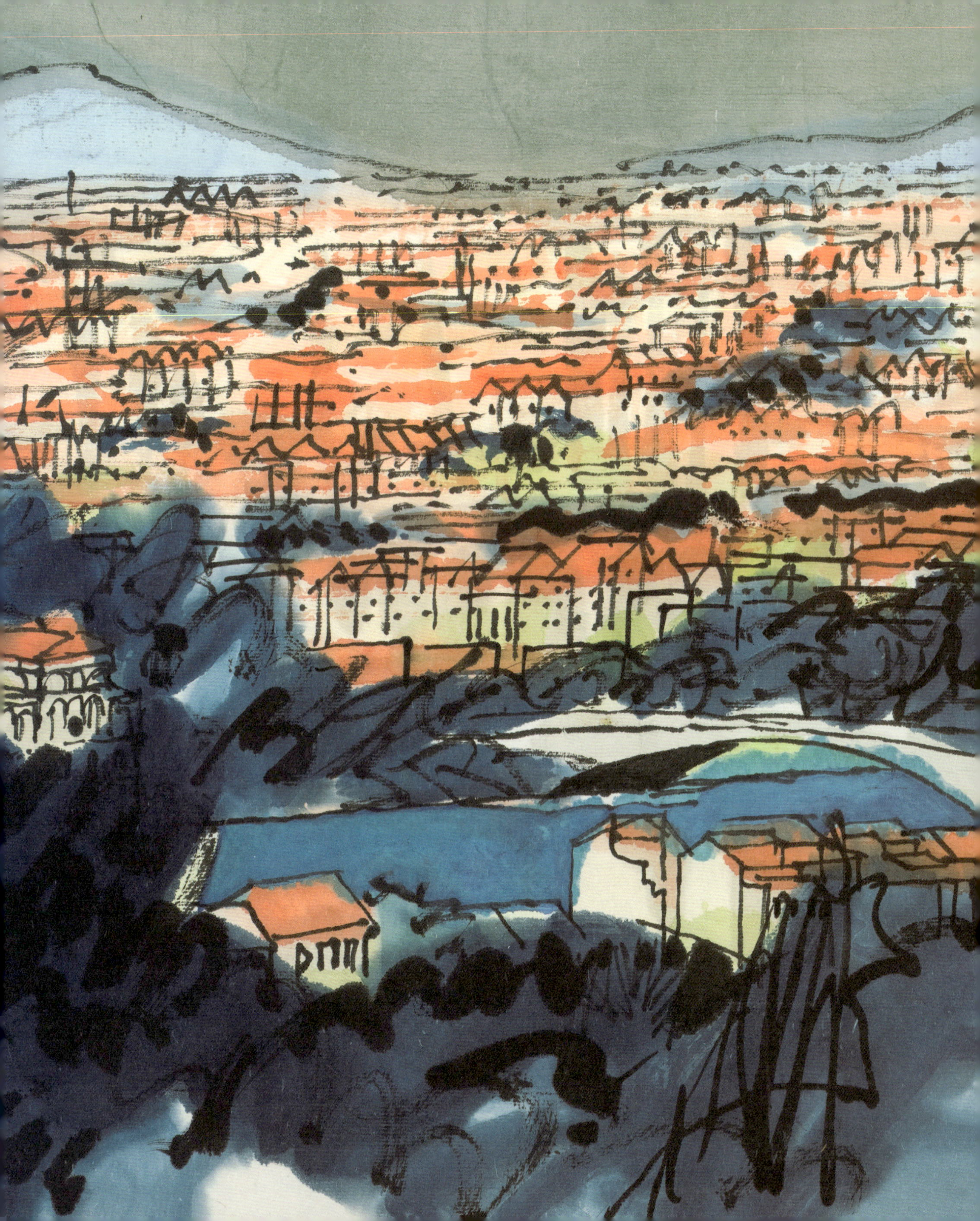

佛罗伦萨全景（局部）

菲埃索里山

出莱颇里,左手进城,右手一公里左右的平路之后上菲埃索里山。听听法朗士如何称赞这座镶嵌着无数古老高雅建筑,为浓荫掩映的名山吧!

"……亲爱的,这是一幅多么奇妙的图画啊!(从菲埃索里看翡冷翠)世上再没有如此精致优美的景色了。创造翡冷翠周围诸山的上帝是一位艺术大师……"

我有幸住在热闹的城市和宁静的山峦之间,上哪里都可以,半年多来我很少进城。说老实的,出名的《大卫》、大教堂、老宫、乔托的《犹大的亲吻》、马萨乔的《失乐园》……看一次、两次、三次还不够吗?其实我年轻时期早就成为它们的背诵和自我陶醉者了,眼前不过求得一个面对面的实证而已。(对了,求得面对面的实证的快感,可能是人生历程中的重要激素。)

我几乎把全部时间放在劳作里。意大利熟人免不了笑话我:

"你来意大利干什么呢?最出名的三样东西你都没有兴趣……"

我知道他们说的是风景、酒和漂亮的女孩子。

我有一只很出色的带画架的画箱,是在一间历史悠久的画具店买的;一具满意的三脚架,是在巴黎买的;一个漂亮的手工牛皮背袋,容得下我

从巴第亚桥上山
100cm×100cm
1990 年

想象中室外绘画作业所需的一切杂物——卫生纸、饮水、板烟、烟斗袋、火柴、小刀、烟头盒、照相机、胶纸、钱包、笔记本、调色盆、水罐、眼镜盒……

毛主席说："实践出真知！"

最让我头痛的是油画框和画布。

在计划中，我在意大利要画三十幅塑胶彩画（这和油画的工作方法是一样的，取其快干的长处而已）。大小一样，都是一米见方的尺寸。

女婿和女儿有一部菲亚特和一部二十七年前的古董"青奎欠托"车，都帮不了我的忙。

于是，每天早上我几乎是全身披挂地带着这些行头去流浪四方。画框拆散捆成一捆，画布卷成一个筒，到地之后架起来，再用胶纸把画布粘在画框上。画完如法地拆下来卷起。

这一批随手携带的行头，少说也有二十公斤。重虽重，比起当年劳改农场自背行李的奴役架势，却是轻巧多了。我神圣而虔诚地追忆有解放军监督的三年奴役给我打下的基本功，使我在六十七岁的芳龄期间，在我们心中最红、最红的红太阳伟大光芒照耀下，或是零度的寒风之中还能从容自若地表现那人类和亲切的朋友们一律称之为美好的那点东西。

唉！人时常为自己的某种自以为快乐的东西而历尽煎熬。背负着这些东西的时候，我想起了唐三藏。

出莱颇里右拐向菲埃索里山走去的这一条路，开始还有几间古老的住家和咖啡馆，再过去，就是开阔的园林了。一个终点站停车场，一些野花丛生的浅坡……有这么一段休止符式的间歇，就来到另外一种山居景象的菲埃索里山脚下。远远传来瀑布轻微的声音。讲究而安适的菲埃索里风格的生活从这里开始。

这一带，我画了四张画：

《退休的快乐王子号》；

《菲埃索里山上的圣方济各修院》；

《薄伽丘路》；

《从巴第亚桥上山》。

《退休的快乐王子号》是一部古老的退休了的公共汽车。每次经过它面前时的确也使我产生快乐。它老了，却穿戴得那么体面。主人挑选了那么有趣的所在来安置它，使这一地区跟它同龄而受惠的居民每天都有机会向它问好。

《从巴第亚桥上山》这幅画，一共画了三天。我挑选的适当的角度恰好在一个交通繁忙、狭窄之极的十字路口；没有比这个地方更好的了。我确信意大利人的交通的守法素质，过往的汽车虽仅离我两英寸，却是有礼地轻轻掠过，使得我写生的心情十分散淡而闲适；他们既不

退休的快乐王子号
100cm×100cm
1990 年

呵斥也不惊讶。

到第三天，一位骑自行车路过的俊秀年轻男子问我，可不可以为我拍几张照。我做了一个欢迎的手势。拍完之后说了声"谢谢！"走了。

三四天之后，女儿的房东路易奇先生捏着一张报纸踉跄而兴奋地打开给我看说："……这里，这里，你看，这是你！你看！这是你！……快打电话告诉他们你是谁，告诉他们，你住在我这儿。……我是这个报纸的退休工人……哈哈！快告诉他们，打电话……"

几天之后，路易奇先生问我女儿："你爸爸向他们打电话了吗？"

报纸上是这样说的：

"艺术家的勇气……

"嗯，持续几个钟头地坐于巴第亚桥和法安提那街交界的交通繁忙的路口是需要勇气的。这位画家带着东方人特有的耐心，全然不顾擦身而过的车辆。日复一日地，从巴第亚桥望上去的菲埃索里山的景致，便显现在画面上了。"

吓！过奖了！

高高的圣方济各修院

菲埃索里山上最高处的那一批建筑群就是圣方济各修院。车子到了跟前,还有一段要死要活的斜坡好爬,真是累得像个爷爷似的。

修院这个概念,用自己过去的知识充填它的话是颇不成气候的。到了意大利,有一次跟家人开车到翡冷翠三十里外的一座修院去买酒的当口,才真正领教了修院架势。静悄悄的修院,鸦雀无声,居然蹲着两千多洋和尚在耗度光阴;尤有甚者,导游的"知客僧"告诉我,另一个地区(我忘了地名)的一座修院,有一万多名修士。

每一个修士各据一套房子,有卧室,读经室,起坐间,用膳处,祈祷室;侧门过去下石阶有一口带滑轮的井,七乘八英尺左右鹅卵石铺成的天井;墙上有一个递传物件的洞,送柴、米、油、盐的"小沙弥"从那里把物件送进来,再由里头的修士安放在规定的地方。(特辟了一间"样板"给人参观。)

每年年终,全院修士在大膳堂有一次不相视、不说话的聚餐;四年在大院子里有一次全体修士的走圆圈式的散步,仍然是不交谈、不目接。同时还有一次在附近的小镇的散步;也是不交谈,不打招呼。四年之后毕业,就再也不与世界接触,一直到老……

若非亲眼看见,是很难以相信世界上真有如此清净界、无挂碍地方的。(在劳改农场也有个限期啊!庆幸之至!)

那里有好酒,从十度到九十度。我都买了点。我用买酒的这个实际行动来开阔和启发自己狭隘的眼界。这种令人狂欢的液体是由六根俱净的洋和尚炼出来的。我有充分的发言权,我滴酒不沾!我认为这因果十分严峻!

菲埃索里山上的圣方济各修院
100cm×100cm
1990 年

说到圣方济各修院吸引我的地方是一个人，一个年老的神父。

他是个七十多快八十的老胖子，说得一口地道的湖北话。他在湖北一个名叫"老虎口"的地方的教堂里待了十八年（恰好是平贵回窑的年数），后来给赶回来了。这十八年间，他带回来五个展览室的中国民间工艺美术珍品，从水陆道场画到烟袋锅、水烟筒、绣荷包、衣物、鞋袜、洗脸架、梳妆台、长短套鞋、蓑衣斗篷、挎包褡裢、铁铲火钳、竹子钓竿、鱼篓、中国丸散丹膏……一个世纪以前的所有的生活用具，应有尽有。令我吐出的舌头伸不回来。这些东西的特点是不值钱，但非常重要。其重要性在于为今人唾弃毁灭得丝毫无存，而这五个房间却成为中国底层社会学的"诺亚方舟"。

这位胖子老神父既健康且精神十足，声音洪亮；可惜他记性不好。我女儿已认为是他的多年老友，见面之下他始终当她是观光旅游的生客，不厌其烦地重复他的介绍。

在第二次见面时，他令我感动了。

"我五一年被赶出中国。1989年湖北老虎口的人欢迎我回去旅行。……我老得不能再回去了！……"

他满面通红，拳头一下一下捶着空气。中国待过十八年的人，把"回去"这两个字用得十分自然。

有一天天气好，我在山半腰摆开画架，面对着菲埃索里山峰和圣方济各修院开始画我的写生。

我祝福那个老神父长寿健康，希望有一天能荣幸地邀请他同游他待过十八年的老虎口，完成我们大家的"回去"的夙愿。

千山万水，那么遥远、如此岑寂的高山上，世上多少人知道有个为多情而肠断的老神父呢？

我想到钱起送日本和尚的那首诗了：

上国随缘住，来途若梦行。
浮天沧海远，去世法舟轻。

咸湿古和薄伽丘

乔万尼·薄伽丘生在1313年，死于1375年，活了六十二岁。是个私生子。爸爸做生意，算是个有钱人。妈妈是法国人，只是以后没有踪影。因为这个缘故传说薄伽丘生在巴黎。实际上这没有关系，生在哪里不一样？全巴黎人都生在巴黎，却不一定写得出《十日谈》。

是父亲一手把他养大的。原要他经商做接班人，不干；那么好！去研究古希腊和古罗马文化吧！他也不干，独门独户地去学习作诗的学问和古典文学名著，下决心在通俗语言和拉丁语言上用功，搞出些名堂来。他和诗人彼德拉克认识后，共同在但丁诗文上的研究成果，为意大利的"但丁学"做出重要贡献。

他写过小说和诗，也都不错，但世界文学上不错的东西漫山遍野。要不是《十日谈》，薄伽丘就只能混在伟大的"漫山遍野"里过日子了。

我住的莱颇里对面山上的一座宏大的中世纪住宅，相传是薄伽丘写《十日谈》的地方。那也对，拉法埃莱·马拉斯所作《意大利文学史》有关《十日谈》一则其中就有这么一段：

……全城笼罩在一片阴森可怕的气氛之中。在这场灭顶之灾中，三个受过良好教育、机智勇敢的青年男子和七个妙龄女郎在圣玛利亚福音教堂邂逅相遇。为了躲避这场可怕的瘟疫，他们一起来到城外的一所别墅里蛰居，借此驱散心中的忧伤……那里草木葱茏，生机盎然，一派世外桃源的安乐景象……

翡冷翠最"草木葱茏、生机盎然"的地点，当然就是菲埃索里山一带。没有别的处所当得起这个名分了。何况他住过的房子的那条林荫小路就叫做"薄伽丘路"。

人这种东西的确是诡谲到家。男盗女娼的领导人和皇帝装出一副道貌岸然、神圣不可侵犯的模样，我十一二岁时有幸见到几个领导人检阅的影片时，心里一直就想剥光他的衣服，看看他到底与老百姓有多大区别。那时的闪念只是为了有趣，还不到今天老谋深算学究式的历史眼光的刻薄程度。说老实话，我至今这种动机不衰。

纵观世界咸湿之书，权威评论家数百年来都喜欢在浏览之余，给它一种历史学、社会学的非常崇高的意义。劳伦斯的如此，兰陵笑笑生的如此，薄伽丘的也如此。

一个人吃好东西，忘我大嚼，听不见别人在旁边告诉我那东西里含多少维他命、荷尔蒙。

我看咸湿书，总是先翻重点部分；之后听人说到"意义"的时候，也还是相信的，会说："嗯！是的，是的！"只是心口不一，到时候还是把"意义"放在第二或第三梯队对待。我这是说我自己，不说别人。对所有别人的道德高尚水平我从来具有信心。

方平兄的《十日谈》译本，每则故事都有个"题头画"，是木刻的，据说还是第一版时的木刻。翻的时间久了就得出一个经验，十个精彩咸湿古的"题头画"用的却是同一幅作品，因此，一旦挂念哪一个咸湿古时只翻看"题头画"就行，容易多了。

人们动不动爱说："人生像一场戏"，这种不通容易看出，因为"戏"本来就是人演的。

如果说："人生如戏台"，那就有意思得多了。

人，在"前台"演戏，对付生熟朋友，利益所在，好恶交错，抢掠搏杀，用的都是学来的演技功夫；真的自我是在"后台"。

一人独处，排除了忌讳，原形毕露，这种快乐六朝人最是懂得："我与我周旋久，宁作我"，就是其中思想精髓。

晚上，一盆热水洗脚之后——高背沙发一靠，三大块烤鱿鱼干放在就手地方，安溪上好铁观音一壶，茶杯加大——淡黄灯泡照明——一手揉脚，一手抓书，书即咸湿之书。此景此情，是一种快意后台小境界也。

"后台"生活是人生的命根子，性灵的全部，最真实的自我世界。它隐秘，神圣不可侵犯，却往往被人——甚至自己所歪曲诬蔑。

人自身羞耻于"后台"的权利的悲剧，在于他不明确造物者所规定的严格界限——非道德界限而只是一种游戏规章的铁券。

人无咸湿之事焉得传宗接代？但经验交流

薄伽丘住过的房子前街道
100cm×100cm
1990 年

黄永玉 '90

却严禁于父母子女。此中自然规律演变成社会历史习俗，怕是来源于"近亲交配引致退化"的后果恐惧心理吧！

用不着替咸湿书乔装打扮，有没有历史、社会、文学意义都无关涉，咸湿书就是咸湿书。它是人类重要智慧结晶。反它也好，压它也好，它永远会和伽利略、哥白尼一样崇高不朽。

"文化大革命"期间，毛泽东竟然放了《十日谈》中文译者方平兄一马，令他得保太平，怕也是早悟出了这点玄机！

宋朝人李退之种芫荽（香菜），听人说撒种时骂粗口，芫荽会长得茂盛。因为芫荽钟爱咸湿也。所以他一边撒种、一边嘴里念叨"夫妇之道，人伦之本"不停。碰巧有朋友来找他，便连忙让儿子来接着念做，儿子于是一边做一边说："家父刚才向您说过的那件事……"

至今事隔几百年，宋朝人做事掌握到这种分寸，摆正了父子之间的关系，已经很不容易了。

意大利人怕鬼，不听鬼故事，不吃发菜、海参、香菇……因为都是黑色的。薄伽丘写了《十日谈》之后，翡冷翠切多沙修院的修士警告他，写了如此不文之书，死了会下地狱！薄伽丘听了这话，居然吓得从此不敢动笔。照薄伽丘的心态看来，地狱原本是个玩笑而调皮的美妙譬喻，《十日谈》中有一则歌颂地狱的快乐故事一下子都被抛去脑后了……

薄伽丘害怕的是来世的地狱，到底还有一段日子好挨；就这点说来，中国现代的薄伽丘就有福多了，一声"带走！"地狱就在眼前。时空而论，较之五百年前的意大利，不知方便多少！

纪念馆和薄伽丘

翡冷翠呀！翡冷翠，我这辈子怕离不开你了。

一个地方或一个人，若果仗文化和学问欺人，还是跟他离远点好。——文化和学问怎会令人流于浅薄？

翡冷翠是个既有文化而又遍地同情和幽默的地方。爱它，包括它的瑕疵。

意大利，尤其是翡冷翠，每当你接触到神或历史人物的时候，觉得亲切，感触到温暖的人味；他们像你的好友、亲戚、街坊街里——令人流泪的故事，琐碎的是非，难以启齿的风流肮脏，酗酒使气，天真的宣言……

活在自以为通体是神的领导下的日子久了，具体的世界变得十分抽象；生死煎熬反而成为家常便饭地具体起来。

翡冷翠不免令我生发出"少见多怪"的快乐。

通达的人是不忍心指摘这种幼稚的快乐的；"见怪不怪"的成熟阶段，终有一天能够到达。想想看，婴儿离开母体的第一次号啕大哭，亦不过只是突然看到世界的"少见多怪"的惊喜反应。哭是上帝教给他的第一语言，用《诗经》翻译，应该是："维天之命，于穆不已"；现在话："哈！这他妈的世界简直妙透了！"也错不到哪里去。

见到熟人，中国人会问："吃了吗？"

称赞某一座天堂，中国人会说："那地方吃得饱、穿得暖！"

在翡冷翠听到这些话，准会哄堂大笑。他们设计世界一流的服装、皮鞋、汽车、电脑、家具，一流的火腿、干酪、酒。满街懒散悠闲的人和古老、贵重的居所。他们创造温饱之外的那些东西的时空，对我来说，永远是一个谜。

在中国，想古人的时候，翻书而已；在翡冷翠，"上他家去好了"。乔托、米开朗琪罗、列奥纳多·达·芬奇、但丁、薄伽丘……的家，有的就在城里，有的离城不过三十分钟汽车。

他们的家，跟活着时候一模一样，穷就穷，富就富。两百年、三百年、五百年，纹丝不动，用不着今天的子孙来作不伦不类的擦脂抹粉。

前些年我特地和好朋友们到绍兴去欣赏鲁迅故居。万里迢迢，没进门就打了转身。为什么？

既歪曲历史又缺乏文化素养。原来鲁迅那么阔气呀！辉煌的大理石柱，高玻璃窗，大理石地面，现代化照明。简直是"大成至圣文宣王"的宫殿嘛！

我后来给一位尊敬的文化前辈写了一封"报喜"的信，把眼见的盛况"通知"他，和他一个时代的那个有趣的"人"已经变成了

切卡托的博（薄）迦丘街
35cm×139cm
1990年

"神"。虽然这位被动的"神"只活了五十多岁,这位以"人"为乐的文化前辈至今九十多岁还"神清气爽"……

为一位据说很伟大的人造一座浅薄庸俗的纪念馆,的确可以成为一种极有说服力,极雄辩的标志,说明我们这个时代的文化趣味、智商及至诚实的程度达到了什么水平。

到意大利,要拜访的古人实在太多了。问女儿,薄伽丘老家在哪里?

"很近!"她说,"开车很快就到。"地点名叫切卡托镇。

车子上了山,左拐右拐,到了。平平常常的一条两边红砖房子的街,尽头是教堂和一座名叫佩托理奥宫的古建筑,还有一口井,井边坐着一些对面咖啡馆蔓延过来的茶客。

薄伽丘出生和逝世就在这条街其中的一个门牌里。隔不几间房子的教堂,就是葬埋他的地方。这倒是很别致的事情。

题款:
博(薄)迦丘受洗的教堂
1990.9.30 切卡托的博(薄)迦丘街 博(薄)迦丘在这里出生,也在这里逝世。
一九九〇年九月三十日 画佩托理奥宫和一口老井 黄永玉
印文:
永玉

既然故居作为纪念馆，免不了陈列些世界各国送来的译本、礼物和纪念品，气势就显得颇为壮观了。其中有"我的朋友"方平的译文精装本，却是莫名其妙的旧，这可能还有另一层有意义的故事……

方平兄没有来过切卡托，值班女士知道我是中国人后，拿了一本纪念册让我题字时，我就认真地写上：

代表我的好友方平先生、《十日谈》中文本的翻译者在薄伽丘先生的故居，向薄伽丘先生致敬。

一个中国的画家黄永玉（年、月、日）

故居有二楼、三楼。14世纪的生活里充满宗教，在这里是看得到的。庄严、静穆中，我仍然感觉到薄伽丘先生在阴影里向我挤眉弄眼。仿佛在说："老弟！我那时候的日子其实跟你过去几十年的生活差不多。我每天要祈祷、念经。你呢！每天开会，学习；何况你根本就不是个安分守己的人。老实说说看，那时候干过什么调皮的事？……"

大师呀！大师

几十年前，南京还是"首都"的时候，有两句开玩笑的话："少将多如狗，中将满街走"，形容那时候在京城里，少将、中将是值不得几个钱的。这几年国内又有了新的好玩的话："教授满街走，大师多如狗"了。说的也是实在的情形。

"大师""教授"这种称呼，原不是可以随便安在头上的；就好像不可以随便取下一样，既要有内涵，还要具备相当长的、够格的资历。

随便称人做"大师"的人，往往都是"好心的外行"朋友，并不太明白"大师"的实际分量。

我也常常被朋友称做"大师"，有时感觉难为情，暗中的懊丧，看到朋友一副诚恳的态度，也不忍心抹拂他们的心意，更不可能在刹那时间把问题向他们解释清楚，就一天天地脸皮厚了起来，形成一种"理所当然"的适应能力。不过，这是很不公平的，我已经六十七岁了，除非我脑子里没有列奥纳多·达·芬奇、米开朗琪罗，没有吴道子、顾恺之、顾闳中、张择端、董源，没有毕加索，没有张大千……除非我已经狂妄地以为自己的艺术手段可以跟他们平起平坐了！除非我不明白千百年艺术历史的好歹！天哪！"大师"谈何容易？

直到有一天，我那些学生，学生的学生都被人称为"大师"，他们都安之若素的时候，我才彻底明白，我们的文化艺术已经达到一种极有趣的程度了！

若果有人称赞我："这老家伙挺勤奋！"倒还是当得起的。

在翡冷翠，我几乎跑遍了大街小巷以及周围的群山，背着画箱，十分逍遥。

黄永玉
67歳

圣·米切莱教堂一侧
100cm×100cm
1990 年

题款：
伟大如科隆教堂、梵蒂冈教堂、米兰教堂。你惊叹人类创造出那么几乎与风暴、大山、海洋的气派相当的建筑来给渺小的以肉体为单位而毛病很多的人类增加了一点历史的自信。佛罗伦斯但丁学会对面的这座从十二世纪开始创作的小教堂，却给我另一种深刻的印象。她的细致精密令人增加生命的自信，令人谦虚和虔诚，令人珍惜被忽略和浪费的时光。她像一座古代的至今还闪耀的手工钟表，在她的面前你只能拜服甚至忘了欣赏。人们糊里糊涂地膜拜的其实就是人自己的创作。拿波里博物馆那么多的艺术珍品，最难忘的是那座一尺多高的希腊女像。这种感动我在西安的唐大明宫柱基处，在战国一座铜器鼎彝面前都曾经发生过，是一种叫做"精确"的东西。人的创造性的前景是估计得到的，但如何等待得到将近两千年的希腊充满创造的安定祥和的年月，仓促的悲剧啊！

1990 年 10 月 3 日　在佛罗伦斯　黄永玉　67 岁

但千万不要以为我的日子都是好过的!

在香港,出发前我有个打算,这次上意大利,要画一些非常有个人性格,颇见泼辣的东西出来。这样那样,如何如何……及至到了翡冷翠,临阵前夕,面对风景建筑却傻如木鸡。

千余年来意大利大师们的宏图伟构罗列眼前,老老实实膜拜临摹尚来不及,哪里还顾得上调皮泼辣和个人性格的表现?

那真是一张又一张的惶恐,一幅又一幅的战栗。慌乱,自作解脱,被伟大的前人牵着鼻子跑,连挣扎也谈不上。眼看着达到三十多幅的数目,有如走进森林,天色迟暮,归期紧迫,却没有找到愿望的灵泉。

只是明白一点,六十七岁的暮年,除了艺术劳动,"背水一战"的快乐之外,时光已经无多。世界那么灿烂,千百年来艺术上有那么精彩的发明,够感谢苍天的了!

意大利土地上的人民,都是在奇妙的文化艺术里泡大的。随口就能来上段艺术评论,哼两声歌剧折子。他们不单"懂",而且"尊重"。

我对一位意大利朋友说:"你们意大利人不装模作样,随随便便,自自然然!"

"当然!当然!"他说,"要装模作样有的是地方。到歌剧院台上去,或者上那儿去(指大理石像雕刻的石座),有的是地方!"

这土地和这风俗太合我的口味了。

不假客套和不粗俗的中国人,跟意大利人其实也相去不远。

我在市中心米切莱小教堂对面的但丁学会门口人行道上写生。这座小教堂里里外外精致得像一具鲜活的钟表。第一次见到它我几乎"吓"呆了。那么美,那么庄重!

来往的行人怜悯地从我身边走过。有的就干脆站在后面嘀咕。画布平摊在石头地板上,我则像告地状一样趴在画布上头勾稿。从上午九点到下午六时,画幅接近完成的时候,扫地的大汽车来了。

小教堂外和但丁学会之间是一块不能算广场的石头大街，闹中取静，"穿堂风"令人舒服清爽。大汽车一边洒水，一边扫地绕圈，每次经过我的范围，都把洒水的龙头停下来，给我留下一小块深情的干地。

彼此都没有打招呼。

洒扫工作完了，他们把大车停在小教堂远处，然后向我走来。

四个人，三男一女，年纪最大的五十多岁，女的长得好看，都穿着衫连裤的灰色工作衣。

他们静静地看我收拾最后的那几块颜色。嗡里嗡隆了一阵。五十几岁那个微胖的清洁工拍拍我的肩，打着手势。指指我的画，又指指自己；再做着数钞票的动作，推向我胸脯这边来：

"Money！You！Money！You！"

意思再清楚不过了！我的回答：

"No，No！"摇摇手，然后双手仿佛托着这幅画往右边上空一晃一晃，"Hong Kong！Hong Kong！"对着他微笑……

看起来，我跟我对手的英文水平应该是不相上下了，倒是一说就通，感情得到明晰的传达。

"Coffee Coffee！"他们指一指咖啡馆。

"Thank you！"我指一指画，摇摇手，点头，微笑。

你看！又通了！

他们喜欢我的画，我不仅只这一点高兴——在威尼斯、西耶纳、圣契米里亚诺，在菲埃索里山、米开朗琪罗广场，都有人问我卖不卖这些写生，尤其是在威尼斯美术学院码头的三个持枪的年轻宪兵有过类似的要求——我高兴有这种融洽的空气。

我的晚年在这里度过是合适的，大家的脾性都差不多。做一个普普通通的画家已经很不错了。何况在意大利！

我的意大利朋友

你说:"我们的朋友遍天下",你哪里来这么多时间?天下的朋友都找你,你受得了吗?

我在华盛顿恰好住在里根挨枪子儿的酒店。朋友说,就在这间酒店发生了一件事。

我忘记朋友说的是哪位总统。他热情而顺口地对阿拉伯一位酋长或国王说,欢迎他和他的太太到华盛顿来玩。

后来真来了。一百八十多位"太太"和随从,闹得酒店天翻地覆。

可见交朋友这件事不是闹着玩的,轻易的要求和允诺都十分危险。

在翡冷翠,我不是游客。我优哉游哉,到处闲逛写生,一住大半年,而且还要再来;说不定干脆长住下去。这么一说,认识朋友就不可避免了。

我没有长住拿波里的经验。看到拉马丁的《葛莱齐拉》时觉得拿波里颇不错,尤其为他那首《君知否此地石榴花璀璨?》的忏悔诗而动魂伤魄。又有人说:"到了拿波里,可以死了",应是个值得为之一死的地方;它的漂亮女孩,它的歌和我眼前还不清楚的某些好的东西……

前些年在拿波里,梅溪的手提袋差点被一个摩托车手抢走。我则在一个风景优胜的地方被五六个可爱体面的孩子簇拥着,正享受"意中友好,万古长青"的当口,忽然同声向我要钱,并准备进攻我的荷包……

我没有失望。他们只不过错把我当成"游客"。"游客"是天生的抢掠的靶子。"旅游"久了,满身留下伤痕累累的"弹孔",又引起本地人打主意的新的欲望。其实他更像一只发情的母狗。真令人诧异,屁股后紧随的这

中世纪的胡同
35cm×28cm
1990 年

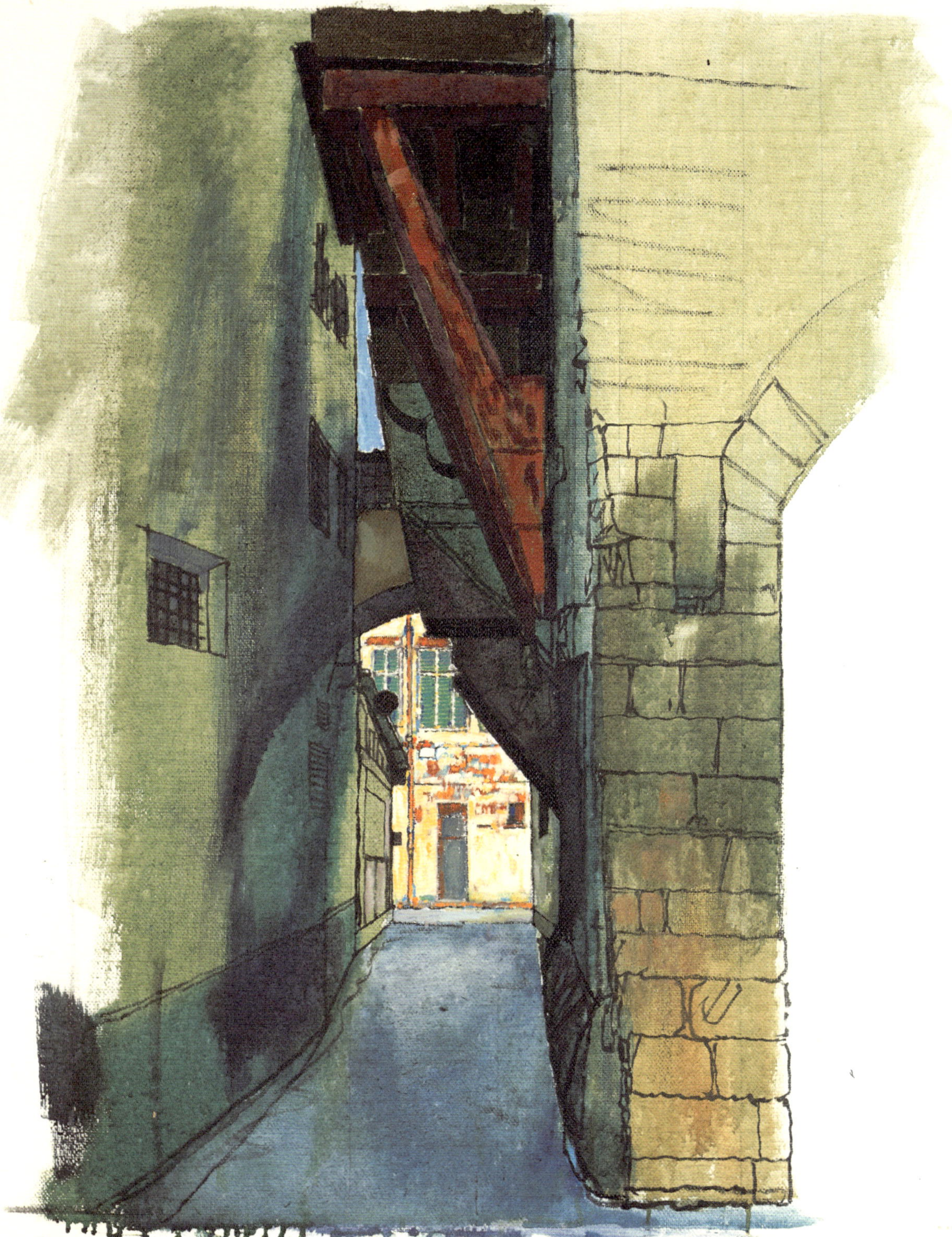

多明民哥·卢索的钟表店
35cm×152cm
1991年

群公狗是通过什么讯号勾引来的？

我家乡把这种神奇力量叫做"发骚"。骚劲一出，再远也闻得到。当我在拿波里街上见到一个个冀图在人群中挣扎突围而无可奈何的美国胖太太时，不禁失声大笑。

日子住久了，逐渐消褪掉旅游的气味和感应力量，成为"自己人"之后，就再不会有人上前打扰了。由不得你不信，这是由某种"感应"决定的。

人与人第一次见面"立见分晓"的好恶感应存在与否，任何人都能给你肯定的回答。

"第一次见到那个人，我就讨厌！"

"那人真好！第一眼我就喜欢他！"

奇怪的是，多少年之后，这个最初的判断非常正确。

好！现在介绍我自己找到的第一个意大利朋友。

但丁故居小街拐几个弯的一个小石板方场，

题款：

黄永玉　佛罗伦斯
Domenico 25-1-1991

左边是堡垒式的中世纪旅馆，面对着中世纪时代的胡同（上海人叫做弄堂）。

我喜欢这个少为人注意的环境，对着它画了三天。

画架搭在一间拉下了铁帘的房子门口。也没注意这到底是一个商店还是一家小仓库。

临到下午，一个中年男子来开门了。我连忙移开画架。他却连忙地制止我，叫我继续画我的画。

铁帘打开，原来这是一家讲究的、修理古代钟表的小作坊。开门的就是主人。

明显地，我的画架正横在他的门口。我自觉放肆得难以容忍。他却眼睁睁盯住我，不让我移动分毫。敌意地防止我伤害他对于艺术的尊重和鉴赏力。

一下子出来问我要不要水用？要茶喝？一下子请我到作坊间去休息休息，聊这聊那。还送给我擦笔的软纸。

他能说相当多的英语，从中我听得进三四成。我只能在英语会话中"蹦单词"，加上画几笔插图，他也就心领神会地全懂了。

第三天，我们彼此间的家庭情况已经一览无余，画完了画，收拾停当，告别时我建议他到我住处来玩一次，吃一顿中国饭，看看我在翡冷翠完成的画。他说："OK！"

回家之后告诉女儿，打电话跟他落实了日期，忽然他说：

"喔！喔！我，我，我不知道要、要到中国人家里去、去、去吃、吃中国饭，中国饭，中国饭我没、没、没吃过。到、到、到中国人家里，到中国人家里，嗯，中国人家里，我以为跟你们到、到餐馆吃饭，到中国人家里……"

女儿打去电话时不敢笑，打完电话后告诉我："你把那个意大利朋友吓坏了！他们没有一认识就请到家里吃饭的习惯……"

我看也言之成理："那怎么办？"

女儿再打电话给他，得到的回答是："好！我来！！！"

来的那天晚上下大雨，客人进门满身是水。一把深红色的玫瑰，一瓶上好的葡萄酒。

女儿做了湖南湘西家乡鸭子，干烧豆瓣鱼……客人战战兢兢地探索，吃上一口之后接着就是猛攻，看起来是欣赏得很。

饭后打了电话给太太，告诉她吃了这个，吃了那个；其实不过是报个平安，在中国人家里，什么危险也没有发生。

几天之后，我们又到他家里做了一次客，吃他太太做的意大利饭。一位非常朴素贤惠的好太太做的非常意大利风格的饭。

我回香港的前一天大清早，他送来一本印刷精美的照片画册，介绍翡冷翠城的"优秀的一百只手"。其中的两只手是他——多明民哥·卢索的。

他的这间小作坊成立于1848年，和另外九十八只手一样，是翡冷翠的骄傲。这一百只精巧的手，维护着千百年来翡冷翠延绵至今的一切艺术珍品，包括古代建筑石、金属、皮革、书籍、绘画、文房四宝、木器、衣物、宝饰、纸张、钟表、勋物、乐器、陶瓷……一切维修工作。

瞧！"我的朋友"多明民哥·卢索，翡冷翠文化艺术的国防战士。

没有娘的巨匠

在列奥纳多·达·芬奇面前，你还玩什么技巧？

列奥纳多·达·芬奇是人们心目中最完美的"概念"。是最"人"的人。

他是自有绘画以来毫无怀疑的全世界"第一好"的画家。是美术理论家、乐器演奏家、建筑家、解剖学家、军事工程家、物理学家、发明家、几何学家、水利学家、大力士、雕塑家……他知道的，你未必知道；你不知道的，他全知道。他的任何一门知识和技能，都够你一辈子去忙得死去活来，而且肯定，绝没有他干得好。

你可以在重要的拍卖行看到近一亿元的梵高名作，却没人胆敢替《蒙娜丽莎》估价。

有人异想天开地说他是"外星人"。这是一种"假设的肯定"，否则难以解释"特异功能"来自何方。

列奥纳多·达·芬奇的故乡芬奇镇距离翡冷翠三十分钟车程。车在平原和逐渐高起的丘陵上畅行。

一个小镇，小山高处是列奥纳多·达·芬奇博物馆，十百千样按他设计图做成的模型。在我这位画家面前，展示了机械原理和几何学，使我除了佩服之外，摸不着头脑。

文艺复兴三位翡冷翠巨匠，都是大师，只有列奥纳多是天才。

米开朗琪罗是巨匠、是大师，他一生生活在作坊里，从徒弟开始到"掌门"，离不开集体。令后世人惊诧膜拜的巨作，一件之外，都是"作坊"工程。

我明白。十六岁开始木刻到如今才有了一部铲木板底子的机器。一块大梨木板画面，十分钟就弄平了全部的"板底"。但五十年来，

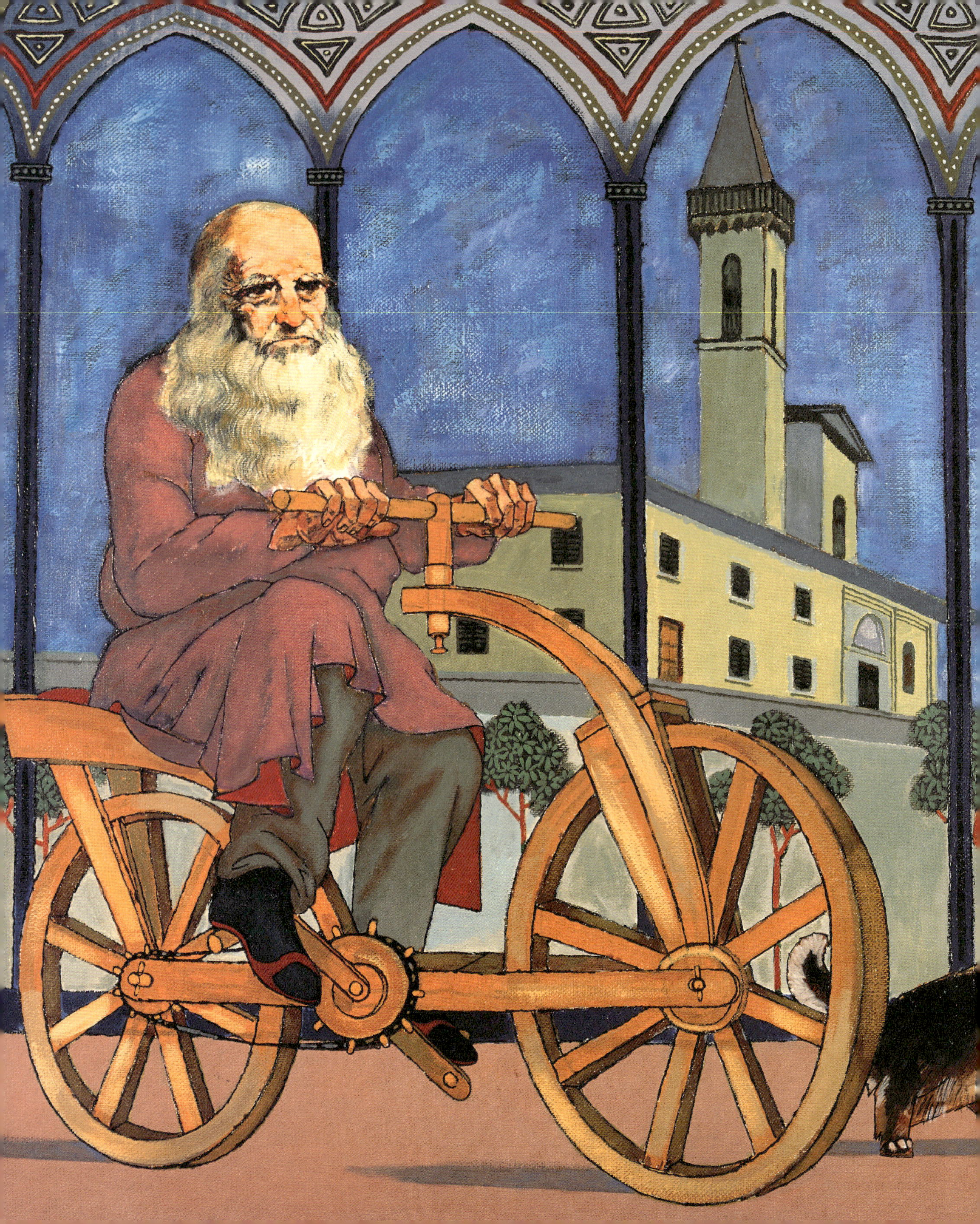

三天完成的木刻,要用两倍的时间铲去"板底",耗去我三分之二的时间;也即是说,五十年的三分之二是三十三年多。白白地浪费了漫长时光。

从《大卫》算起的上百件巨作石雕,不是老米从头到尾干出来的。不可能,也不必要。同样的情况适用于他设计的重要建筑。

只有西斯廷小教堂天顶那张画《创世记》是他一时赌气之作,在没有助手的情况下,用了五年时间,全部面积六百平方米,几百个人物形象,把自己的背都画驼了。

这是一幅伟大的艺术的"启示录"。为后世子孙开辟了"画"而不是"描"的广阔的表现天地。启发着后学如何去表现某种称做"伟大"的概念的具体手法。其作品本身也以逼人的"伟大"来适应宗教宣传。

列奥纳多·达·芬奇具备了一切人的完美的实质。仿佛他在跟一位吹牛家竞赛似的:"你吹什么,我就完成什么!"

他像谁呢?他应该像谁呢?我们的孔夫子的博大影响与他相似。

芬奇镇很美,餐馆里有好吃的牛排、干酪和橄榄油浸泡的瓜菜。还有我点滴不沾的好酒。

列奥纳多·达·芬奇博物馆,情绪不好的人最好不去参观,你会感到人生无常之失望;这个老头的业绩离人的工作能量限度太远,不可及,唉!彼岸之迢遥兮,恨吾窝囊之妄追!

小时候上学,老师大宣国外之发明家如爱迪生、瓦特时,我即时发生异念:"是呀!是呀!一切都让他们发明光了;我要发明留声机,不行了;发明电灯,也不行了!发明火车,也不行了!还有什么要发明的呢?"

列奥纳多·达·芬奇也令我有这种感想。

车子朝山坡小路上开不远,来到他老人家故居。

一排三间石头房子,右边厢房一位女士在低头看书兼管小量纪念画册发售。墙上横悬着一长列翻晒的列奥纳多·达·芬奇手绘的布质设计图,左边厢房也是。中堂左角摆着一座列奥纳多的雕塑头像,是近人的创作。

达·芬奇和他的自行车
100cm×100cm
1994 年

完了。

怎么就完了呢？是完了！什么也没有了。

这是历史事实。十七岁前住在这儿，二十七岁再来过一次，没有留下什么东西。

出生的时候，爷爷在本子上记下了这段话：

1452年4月13日星期六晚上3点，我的孙子，我儿子赛尔·皮耶特的儿子出生了。他的名字叫做列奥纳多·安东尼奥·达·芬奇。

母亲名叫卡特尼娜，是个极普通又普通的乡下姑娘，生下列奥纳多·达·芬奇之后，被爷爷转送到另一个乡下嫁给别人了。从此消失在历史之外。

列奥纳多·达·芬奇的记事本上只有两次提到母亲的名字，还是二十七岁成名之后回小镇多方调查才得知亲娘是谁。

1452年，相当于我国明朝景泰三年，没出过什么大画家，六年之后，吴小仙（吴伟）出世，十八年之后文徵明、唐伯虎出世。

列奥纳多·达·芬奇故居，没有我国农村任何一位生产大队长的公馆辉煌。

原是怎样的，就应是怎样的，使我们能与当年的历史脉搏相通，得到教益。

列奥纳多·达·芬奇1519年5月2日死在法国克鲁城堡国王法兰西斯一世的怀里。国王啜泣着，像失去自己的兄弟。

国王的伤心当然不是因为失去一位为他赚外汇的画家。五百年前即使是一国之君，也那么天真地在热爱艺术，真有趣得紧。

列奥纳多·达·芬奇死的年龄，历史学家是有分歧的，一说六十七岁，一说七十岁。照他最后留下的自画像，那一大把白胡子，说是七十多岁，是信得过的。

杜鹃随我到天涯

2月，在翡冷翠的莱颇里，半夜听到杜鹃叫，惊喜得从床上坐起。那是从菲埃索里山密林里传过来的声音。

自从离开故乡以来，好久没听到杜鹃叫声了。

第二天，我跟女儿女婿去列奥纳多·达·芬奇的故乡芬奇小城看房子，在山峦上走着的时候，又听到一声声杜鹃叫啼。万里之外，在天涯找寻归宿的时候，自有一种特别的浩叹。

为了找房子，我们走遍了翡冷翠邻近四周的古城。去过乔托的故乡，薄伽丘的故乡，弗兰西斯科的故乡……一次，两次，不同的地形山势，不同的格调，最后决定了列奥纳多·达·芬奇故乡，离他旧居四公里的山丘上的一座合适的居处。

原来，列奥纳多·达·芬奇的隔壁就有一座很好的石头平房要卖。房子讲究，有变化，古雅之至，我思前想后，还是决心忍痛割爱了，理由是——

让参观、朝拜的人看见了，就会忍不住哈哈大笑起来："看哪！一个中国画家，胆大包天，竟敢跟列奥纳多·达·芬奇做邻居！"

"嘿嘿！这个画不好画的中国画家，就算搬在列奥纳多·达·芬奇隔壁，也救不了他的急！"

"可怜哪！万里迢迢，挑选了这个顶尖儿的地方！"

白天，游人如云，在窗外探头探脑，窃窃私语。

画画的时候，背后总有个伟大的影子在微笑。

这绝不是随便开玩笑的话。任何朋友该为我设身处地想一想，我挑选这座住处是否能够安居？

幸好，我们找到一座既可以得到伟大的艺术泰斗在天之灵的庇护，又能安心生活工作的地方。

这是一个十来户人家的小镇。屋子石头结构，百余年的历史。三层。一层是酒窖。二层有两个大客厅；烤面包和烤肉的大壁炉；另外是阳台，一间卧室，厨房和一间可以举行舞会的惊人宽大的洗手间。三层是三间卧室。

屋外一座回环的花园，栽着一些松树、无花果和粗壮的樱桃树。山坡顺延下去两个足球场大的橄榄林和葡萄园，据云一年能出产两吨多橄榄油和两吨多葡萄酒。滴酒不沾的我，不免想起众多嗷嗷待醉的酒鬼朋友……

橄榄和葡萄园尽头有一道清澈的山泉，以前有座磨坊，现有人在弄矿泉水。黄家地界至此为止。彼岸是浓密的山林。从阳台远远望去，茫茫一片深蓝色的影子。邻居说，天气好时，看得见海。

芬奇小城在山脚下。列奥纳多·达·芬奇故居，他的博物馆，教堂，市议会和沿山的居民和小街都清晰可见。

邻居还说，这地方该冷的时候不冷，该热的时候不热。因为有海风，没有蚊子；因为有山，风又不大。一年四季都有鸟叫。

若这些好听的话是"房串子"说的，就会引起我的警惕和疑心；幸好是邻居的关照，看起来，每年的一半时间放在这里，大概能专心做出点创作来的。

我只是去过这地方两次，前后左右都粗约地看了一看。女儿和女婿倒是走得多了，不过他们说，也没有可能走遍所有的"领地"。他们也发愁，到秋天，怎么消受那些地上的收获？我告诉他们：

"芬奇小城的列奥纳多·达·芬奇博物馆，是一个长知识、促智慧的地方。多上那里走走，再经常到附近意大利酒店吃顿午饭或晚饭，自然会爆出些精彩的、解决困难的好主意来。"

意大利这地方跟上帝最近，意大利人最熟悉上帝的脾气……他老人家不会跟一家东方人过不去的。

从翡冷翠回到香港已经一个多月了。屋后克顿道山径白天晚上都响着杜鹃。去年，前年倒是一声也没有听过……

人到了老年，游徙的身世翻浮于杜鹃声里，不由得想起文木山人的那阕词：

记得当时，我爱秦淮，偶离故乡。向梅根冶后，几番啸傲；杏花村里，几度徜徉。凤止

芬奇·里奥纳多纪念馆
60cm×60cm
2004年

题款：
芬奇·里奥纳多纪念馆
黄永玉 二〇一四年十二月

高梧,虫吟小榭,也共时人较短长。今已矣!把衣冠蝉蜕,濯足沧浪。

　　无聊且酌霞觞,唤几个新知醉一场。共百年易过,底须愁闷;千秋事大,也费商量。江左烟霞,淮南耆旧,写入残编总断肠。从今后,伴药炉经卷,自礼空王。

达·芬奇博物馆
100cm×100cm
1995 年

教训的回顾

教训不一刹而过，才真的成为教训。

好友张五常曾提到我不驯的"美德"，说是在某种长期的特殊生活环境下，我还保持了某种可贵的"纯真"。

他心地太善良了，把一切都看好。其实，他比我"纯真"得多；明确的爱，直接的厌恶，真诚的喜欢。站在太阳下的坦荡，大声无愧地称赞自己。他的周围、这个世界，欣赏和鼓励他这么做，相信他的诚实。

我是个受尽斯巴达式的精神上折磨和锻炼的人，并非纯真，只是经得起打熬而已。剖开胸膛，创伤无数。

五常相信权威，他是在真正权威教育下加上自己的天分，把自己弄成如假包换的权威的。

我从小靠自己长大。一路上，只相信好人。权威当前，没有办法的时候，口服心不服，像个木头。雕成了表面老实，实际调皮复杂的"皮诺曹"。历史的因袭太多，医治过去遗留的伤口比克服未来的困难的分量沉重十倍。

在我的一生中，略堪告慰，艺术上还算吃苦耐劳。但吃苦耐劳不是艺术成果。

俄罗斯寓言家克雷诺夫说过这样一个故事：

有人要去旅行，问他的朋友，要不要雇用他的男用人？这个人虽然不会做事，但是他不抽烟、不喝酒……朋友回答说："其实，抽一点烟，喝一点酒算不了什么，只要他会做事。"

画不好画，光提劳动精神是无济于事的。

我自己在翡冷翠的工作劳动有余，画画上碰到的钉子却像掀起了旧疮疤那么难过和丧气。

列奥纳多·达·芬奇的故居真是朴素得令人感动。我决心要写一次生。

达·芬奇故居的后院
100cm×100cm
1992 年

他屋后有一块不大的橄榄林，展延成变化丰富的纵深局面，野草丛生，远远露出暖紫色的后墙和屋顶。

架起画架，一切顺利，屋顶出来了，懒散疏落的橄榄树也出来了，草地出来了。太阳落西，九小时的工作，开车回家。

在客厅重新把写生装在大画架上，改改这里，修修那里，晚饭后直画到半夜两点，兴致十分高昂，心里对列奥纳多·达·芬奇崇敬不已，觉得可以把这块生长乱草的地面改成鲜花怒放的花园岂不更好？不假思索便动了手。为了痛痛快快地玩一场鲜艳的颜色，为了塑造列奥纳多·达·芬奇的故居非同凡响，画面上出现了热带植物园的奇花异草。

临近完成的时候天已黎明，我仿佛从梦中醒来——理想的花园出现，列奥纳多·达·芬奇朴素的故居到哪里去了？

心情如挨了几棍子——我曾经嘲讽过把鲁迅故居改建成"文庙"的愚蠢行为，不悭吝语言的鞭挞；如今又在自己的作品上为列奥纳多·达·芬奇搭盖鲁迅故居式的圣殿……真是见了鬼。

一整天加上一整夜的劳累，换来了羞愧的悔恨。我怎么能用这种方式去认识和理解列奥纳多·达·芬奇呢？让他在天之灵对我作怜悯的微笑？我几乎受伤似的躺倒了。什么地方也不去，什么话也不说，什么事也不做……

三天之后决心带上行头再上一次芬奇镇。天已经很冷，山风飘起了衣服，我把所有的鲜花都刮了，狠狠打上薄薄

芬奇

50cm×50cm

1995 年

的底子……

"对不起，列奥纳多！让我把你的草地重画一遍吧！我庸俗的劣根性玷污了你和你的草地，你知道，几十年来我一直徘徊在如何辨别理想的歧路上，真辛苦和烦恼……"

一群孩子刚从"故居"参观出来，围在我的周围，一边看，一边不停地轻轻叫好，还和我照了相。你看，列奥纳多要他们来安慰我了。

过了几天，占美从香港打电话来，问画画进度如何？我还在生自己的气，恨不得一口把电话机嚼了，"太艰难了！"

"艰难？"他说，"六十七岁还觉得艰难？那我恭喜你了！"

…………

黑妮的猫在邻居那边
90cm×131cm
1995 年

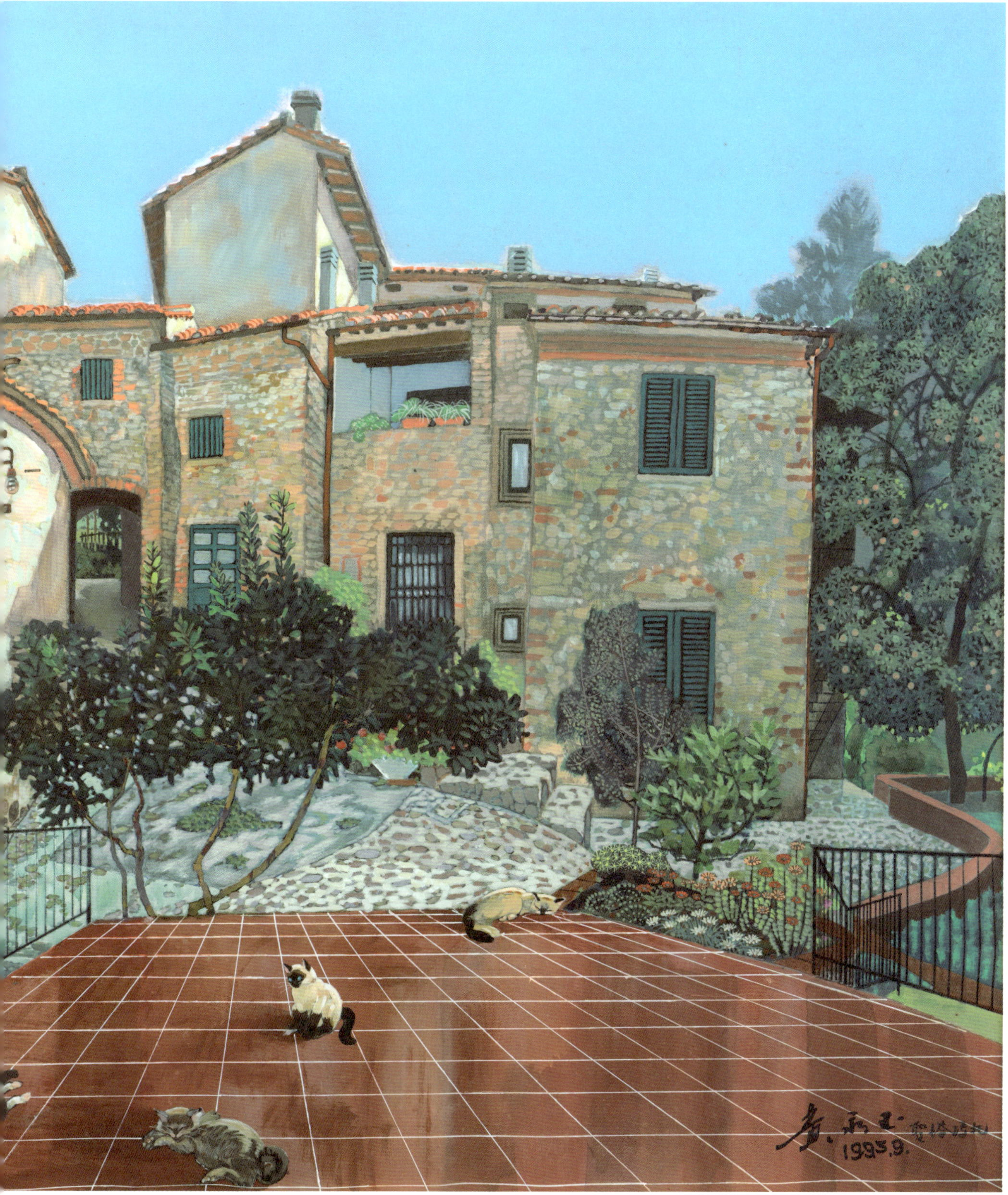
1995.9.

皮耶托、路易奇兄弟

皮耶托、路易奇兄弟，哥哥八十多岁，弟弟也将近八十。

莱颇里两排房子的尽头还有一排横着的房子，我就住在左边一层的这套。丁字形之间是一个小广场。有树，一个斜坡通到小河边。这是我以前提到过的。

每天下午三点左右，老太太和中太太各人搬着一张椅子在右边的树荫边上聚集起来。这倒不是像我以前在北京时每天见到的"居委会治安老太太"，看见令她们可疑的人物动不动就要向派出所报告。意大利老太太们聚在一起只为了有趣；交换点当天的新鲜事情，不会有什么"忠于党，忠于人民"的让人不舒服的事情发生。

我每天打外头回来，都要扬手向她们问好，招呼。间或有一两个弯着腰的九十来岁的街坊也坐在里头。

不单人有这种德行，鸟也有。

我曾在一张画上写过这种意思，说四川人上茶馆，不为什么别的，不像广东人上茶楼吃点心当饭。四川人上茶馆，竹躺椅上一靠，为的一种懒散的舒服，喝满肚的酽茶，跟同来的人聊一些不三不四的闲话。没什么好吃的东西，大不了花生瓜子而已。

鸟，比如说鸬鹚和其他一些水鸟，吃也吃饱了，喝也喝足了，一齐聚在沙洲荒渚上干什么？也恐怕是图一个聚在一起的快乐，一种恬静的信任吧！在一起而没有明确的目的，那是很舒服写意的事。

皮耶托、路易奇兄弟各人有各人的家，家里也不缺这个那个，大清早起来，总要到邻近的咖啡铺去喝一杯浓咖啡；喝咖啡事小，跟一些街坊张三、李四碰碰头才是真意思。

兄弟俩
100cm×100m
1992 年

这两兄弟的日常生活按着时钟拍子进行。哥哥是工程师，退休了，却每天在花园里出出进进，满身是土是泥，让做弟弟的佩服得不得了。哥哥西装革履，一丝不苟。弟弟在礼拜日才穿着正式服装，平时只是夹克一件，胡子拉碴的。

弟弟佩服哥哥的学问，老是我哥哥长我哥哥短。哥哥从海边运来许多吨的贝壳，在自己的花园里，墙上，柱子上，花坛上，葡萄架上……把能贴得上贝壳的地方都贴上贝壳，并且钉上一块"贝壳花园"的牌子，也是贝壳拼出的字。十分得意而满足。

有一天我跟弟弟路易奇说，请他两夫妇来我们家喝下午茶，也麻烦他代邀他的哥哥。

女儿做出许多中国点心，油炸脆皮酥，小麻花卷，形形色色，就是没有叉烧包和豆沙包。女儿说，他们害怕粘牙的面粉东西。

来了弟弟夫妇俩，哥哥没有看见。

"告诉他了吗？"

"告诉了，只是你们没有亲口说，他拿不定主意。"

"那好！我去找他！"女儿不一会儿真的把皮耶托带来了。他穿着隆重的做客的礼服。

我们坐下喝茶，对那些点心他们已是熟手，过年过节，女儿免不了都送一些给他们。不过仍是热心而珍贵地欣赏着。

我提出给他们兄弟俩画一张像的请求。

同意了。问起该穿什么衣服。

我说，越随便越好。（画画的那天，弟弟发现进来的哥哥是全套礼服，便忙着要回去重新打扮，总算把他劝住，画成现在这个样子。）

下午茶结束，女儿给他们每人一包点心，皮耶托慢吞吞地出门，从窗口，我们看见他正跟坐在树荫下的老太太们招呼，捏着点心袋的手放在背后，只用一只手打手势。

大概介绍在我们家喝茶的情形，说得很仔细，一板一眼，不时地还回头指指我们这边。意大利的手势是世界语言，谁都看得懂。有人说，如果砍了意大利某个人的双手，他便会成为一个哑巴，什么意思也表达不出。

他背着手和老太太们告辞，当他走过人群时，急速地把捏点心的手转到前面。我不相信那些老太太发现不了他的秘密，底下的话题便会是皮耶托藏在背后的那只手以及捏着的那包东西……

我给路易奇画过一幅他和他的花园，所以他以后不断地提醒我，皮耶托的"贝壳花园"才是美妙的东西，为什么不画一幅呢？

路易奇不明白，几十万颗贝壳凑在一起，远远看来不过一片麻点，画不出效果的。出于对哥哥的尊敬，他觉得我光画他的花园颇不公道。

中东战争开始，翡冷翠沸腾起来，所有人的眼神忧郁而惶惑。他们大部分反对打仗。不管是什么仗，死人都不好。路易奇太太一提到这场战争就掏手绢。

我是赞成打这场仗的。说出我的理由他们都摇头，轮到电视和报纸宣布意大利派兵参战那时起，翡冷翠街上到处遇得到反对战争的游行队伍，女的抱着婴儿走在前面，老太太殿后，气势愁惨，主题明确而动人。

意大利民族的有趣所在不能不令人叫绝。一方面反对，一方面出兵，一方面向伊拉克提供大批能发出回应电波的木头，假飞机整齐地排在飞机场上，让美国佬开仗初期浪费大量炮火上了大当。意大利人大声嚷道："这不是真飞机，只不过把一些儿童玩具做得稍微大些而已！我们做的是玩具生意！……"

倒是真出了一些兵。空军和海军。电视上看到码头相送的难舍难分的眼泪场面。

海军平安地出发，不发一枪一弹又平安地回来；十架飞机，两架起飞之后掉了一架，一架安然返航，另一架飞机上的驾驶员被俘，事后也安然回到祖国。

有离别，有凯旋，仿佛都是意料中事。

意大利老百姓仍然从容地过着意大利式的生活。

空气那么好，树那么绿，云那么潇洒。

皮耶托、路易奇兄弟每天早上仍然上咖啡店喝那一小杯浓咖啡，弄他们的花园。

老太太、老头子下午三点后坐在树荫下继续他们马拉松式的聊天。

墨索里尼用歌剧式的夸张手法统治了意大利，又歌剧式地被老百姓倒挂在电线杆上。

除了艺术，我看意大利人没有一样是认真的。

路易奇先生和他的花园
35cm×118cm
1990 年

路易奇先生和他的花園

题款：
路易奇先生和他的花园
黑妮租他的屋子住，我租的房在附近。
黄永玉 九〇年
印文：
永玉

了不起的父亲和儿子

拉斐尔是意大利中部乌比诺地方的人。死的时候三十七岁，使得教宗哭泣，全国震动，为了悼念他，坏人发誓从此做好人。他埋葬在罗马的万神殿第一个位置，第二个位置才是国王和其他一些重要的显赫人物。拉斐尔十五岁学画，三十七岁谢世，工作了二十三年。多精炼的二十三年！

拉斐尔的父亲乔凡尼·桑蒂，人说他仅只是一位平凡的画家；我看他是一位伟大的父亲，一位矢志不渝的伟大画家的引路人和发掘者，这种精神和一些具体安排，对后世做父亲的人来说，学不学先不管，起码看得出诚心和爱心的差距。

乔凡尼·桑蒂对自己孩子的教育非常谨慎小心。引导孩子言谈举止合乎高尚习俗，态度上要斯文典雅，语言温和，书写规矩流利的字体……十四岁以前，做父亲的已经告诫孩子要为必将来临的"伟大"做好准备。

翡冷翠、乌比诺和佩鲁贾三个地方恰好在一个等边三角点上。佩鲁贾有一位重要的画家佩鲁基诺住在那里。做父亲的认定这位大师是他儿子未来命中老师。便只身跑到那里住了下来，在教堂找些临时打杂的壁画工作做，借机认识佩鲁基诺，并成为来往密切的好朋友。

罗马万神殿
59cm×96cm
1986 年

题款：

罗马万神殿

一九八六年捌月十日夜　黄永玉

佩鲁迦（贾）
88cm×191cm
1986 年

题款：
一九八六年七月四日写佩鲁迦（贾）
黄永玉

印文：
黄永玉

这当然是花时间和力气的。直到熟到不能再熟的某一天，他才开口说出请求佩鲁基诺收他的儿子拉斐尔做徒弟的话。佩鲁基诺一口答应下来。

乔凡尼·桑蒂马上从乌比诺带来了拉斐尔。佩鲁基诺见到十四岁的拉斐尔的第一句话：

"天哪！他长得多美！"

在佩鲁贾，拉斐尔待到十八岁。离开了老师来到翡冷翠。翡冷翠谁在那儿呢？

伟大的列奥纳多·达·芬奇和米开朗琪罗。

1508年二十五岁的拉斐尔开始去到罗马，帮教皇朱理二世一直干到1520年三十七岁逝世为止，画的画简直数也数不来；说也没有用，空口说画如瞎子摸象。

拉斐尔在当时的社会生活中是个奇迹。上至教皇，下至贩夫走卒，他跟谁都要好。走在路上，站在画梯上，人说：拉斐尔！给我画张速写像吧！他马上就会放下工作为你画起像来。

猫、狗、牛、马、羊，甚至鸟雀见到他都向他走近，让他抚摩。

他诚恳而勤奋，也虚心向学，及至长大以后，跟他学画的青年人也受到他道德的影响，在社会上造成很好的氛围。

他也有任性而调皮的地方。大部分作品中伟大的圣母玛利亚像，都是他那活泼过分的女朋友的写生。当人们知道之后已经太迟，何况最理想的圣母玛利亚，难道不应该是这样一流的漂亮吗？

拉斐尔逝世的时候，老师佩鲁基诺还健在。

当他从外地回到佩鲁贾，见到少年拉斐尔在教堂留下的未完成作品时，伤心地完成了它。有心人哪一天到佩鲁贾访问，可别忘了打听这幅画的所在，务必去看一看才好。

恐龙是神话中的现实，文艺复兴那几个人是现实中的神话。你难以想象一个单一的人能创造出这么精妙的作品，一双巧手，一对敏锐的眼睛和一副好的脑子。

乔凡尼·桑蒂这位了不起的父亲，替儿子找老师，不惜像间谍特务一般地忍着性子去跟人搭交情，可算是委屈之至。

人和人之间的那一点宝贵的朴素和真诚衍生于中世纪的黑暗时期之后，要不，怎么叫做"文艺复兴"呢？是不是？

拉斐尔出发翡冷翠之前，得到佩鲁基诺艺术表现和观察的最浓缩的培养教导，令他成熟而从容，不至于在翡冷翠见到列奥纳多·达·芬奇和米开朗琪罗时手足无措。

文艺复兴三杰中，拉斐尔是最具有人情味的。本身的漂亮，斯文的态度加上慑人的能力。那时候就有人称赞他像太阳，温暖、明亮。

我儿子女儿都在佩鲁贾上过学，我也去过那里，美得很，难以忘怀。回到北京，我们给一只刚得到的大沥沙皮狗取名为佩鲁基诺，以寄托我们亲切的敬意。佩鲁基诺跟我们来到香港，今年快满七周岁了。它奇迹似的懂得欣赏我钉在墙上刚完成的画，左看看，右看看，然后总是摇摇头，失望地走出画室。

眼光太高了，我不该给它取个拉斐尔老师的名字。

但丁和圣三一桥

小时候读但丁的《神曲》莫名其妙，读歌德的《浮士德》也有这种感觉。硬着头皮冲刺，还是喘着气读不下来，怪自己没有足够的学问去读完它；及到后来长大些的时候才发现，原来根本是翻译得不好。欺侮人，把翻译工作当创作来搞，信口开河，目中无丁。那时候的中国，懂一点外文的人是很放肆的，卖"二手车"还那么狂妄！岂有此理之至！

许多译本大都不根据原文，要不是日文便是德文，原因是中国到日本留学的如鲁迅、郭沫若都是学医，学医照例得知道点德文，马马虎虎，日文加德文，弄出许多文学译本来。

有人问巴金先生，近百年哪本书译得最好，巴先生说："鲁迅的《死魂灵》。"

我是相信的。即便是从日文翻译过来，但鲁迅从来的主张是"直译"，再加上他本人的文采，读起来令人十分舒畅，品尝到文学的滋味。

《神曲》不够"神"。我们中国的神怪的诗词歌赋，好像都跟《神曲》一个调调，情节故事都平凡普通，屈原、曹子建，和但丁差不多，不太会讲故事。

论讲故事，古希腊的那些神话中的神类，也都发挥着人的性质。若是人，四处都有类似的短长处发生，毫不稀罕，只因为是神，才显得特别起来。好像

但丁的家
35cm×51cm
1990 年

题款：
但丁的家　黄永玉
印文：
永玉

圣三一桥即景
49.5cm×105cm
1986 年

题款：
站酸脚趾又脚公　喝罢咖啡听打钟
吟了但丁三部曲　砂飞石走几窝风
辛未四月　黄老大于香港

印文：
黄氏

毛主席在某个小城街边买了一块油炸糕当场吃下，被本地人传颂了三四十年，其实原是大家天天发生的事。这就远不如我们的《封神榜》《西游记》，甚至《济公传》的刁钻古怪，耐人喜欢了。

看起来，全世界的古人都不是讲故事的能手。薄伽丘的出现，人文主义思想的生发，冲破了思想禁锢的樊笼，人才开始发现了自己，委婉曲折地讲起故事来。中国人会讲故事要早一些，从信口开河、毫不负责的《山海经》到缠绵曲折的《李娃传》，那变化有多大！

但丁《神曲》写的《地狱》《炼狱》《天国》三部分"诗"的境界，和我们中国人读中国诗的感受是两码事。《神曲》中提到的带路者拉丁诗人维吉尔以及以后的比雅特丽丝的出现，也都引不起我太大的兴趣。《洛神赋》写来写去，和曹子建当时喜欢某一个够不着的女人一定有些特别的瓜葛。扩而大之说去，就露出了一厢情愿、自我陶醉的尾巴。

《神曲》可能在洋"诗"上有很伟大的文学成就和社会历史成就。只是我不适应。不是不好；只是不适应。

中国诗是好茶，难以比拟的神妙。

1943年我在"新赣南"的信丰县民众教育馆做事。看到郑振铎编的《世界文学大纲》中有一幅但丁在翡冷翠的圣三一桥头遇见比雅特丽丝的画，十分欣赏而感动。那时我刚认识一位女朋友（即今日之"贱内"），正神魂颠倒之际，于是按照但丁在圣三一桥头的精神实质，写了一首短诗发表在《凯报》上。因为抗日战争，知识分子四处游徙，《凯报》的副刊是由《桃花扇底送南朝》著名小说作者谷斯范和诗人雷石榆负责的。诗一经发表，便觉得来头颇为不小。因为民教馆址也在大桥之头。

住在翡冷翠，免不得时常经过圣三一桥，

远远望去，老桥就在前头，几百年保持了原来的面目，都是因为意大利人历史的品位不凡的缘故。

人在习惯上往往爱表现流露一点有限的知识癖性。来到圣三一桥头，就会乐滋滋地测量——但丁当时站在这里或那边，一尺或再过去几寸？另一人就会纠正，不！还更过一点……其实这无关紧要，因为到底有没有比雅特丽丝还是个问题，站在哪里不一样？

不过还是有这个人好。

前几年传说新疆天池出现大水怪，引起全世界旅游者的兴趣，忽然科学院严肃地公布了调查结果，说天池根本没有大水怪，是谣传，鱼而已。站在旅游收益立场，你看多煞风景！多蠢！多扫兴！

"姑妄言之，姑妄听之"是一种晋入化境的乐事，某些事情的认真仿佛泼了人一身带腥味的黏液，洗刷好久也不自在。

传说中，但丁九岁就见到比雅特丽丝，十八岁又见到一次，这就是圣三一桥头的那一次。以后她就嫁人了。出嫁不久的1290年死去，但丁这时候是二十五岁。一生最主要的作品《新生》为她而写。看起来又真有这个人了。

参加政治活动不外两类人，一是存心搞政治；一是偶然"上了贼船"。但丁这个人也搞政治，大义凛然地吃尽苦头，当局宣判他"终生流放"，若再踏进翡冷翠一步，就要被送进全聚德式的火堆里。

但丁1265年生，1321年9月13日死在拉文纳，也葬在那里。活了五十六岁，不算高寿；我国宋代的大画家黄公望比他晚生四年，却活到1354年，高寿八十五岁。宋代的画家在我们看来是算不得什么古人的。

翡冷翠圣十字教堂里有座俨乎其然的墓龛，那是衣冠冢。翡冷翠人几次要把但丁墓从拉文纳搬回来，拉文纳人不干！

牧童呀！牧童

王冕（1287—1359）这位元朝大画家，《儒林外史》有着精彩的描述。《儒林外史》在我心里是首一说部。许多人物由头到尾都写得很好；最有典雅和幽默的深度。写文章，这是很难步到的境界。

王冕照一般传说，是个有头无尾的人物。

《儒林外史》有这么一段宣叙：

……王冕道："天可怜见，降下这一伙星君去维持文运，我们是不及见了！"当夜收拾家伙，各自歇息。

自此以后，时常有人传说，朝廷行文到浙江布政司，要征聘王冕出来做官。初时不在意里，后来渐渐说得多了，王冕并不通知秦老，私自收拾，连夜逃往会稽山中。

……可笑近来文人学士，说着王冕，都称他做王参军，究竟王冕何曾做过一日官？

王冕没有学过画，小时借着在湖边放牛画荷花写生悟得些路数门道。《儒林外史》这段描写十分动人：

弹指又过了三四年，王冕看书，心里也着实明白了。那日，正是黄梅时节，天气烦躁。王冕放牛倦了，在绿草地上坐着。须臾，浓云密布，一阵大雨过了。那黑云边上镶着白云，渐渐散去，透出一派日光来，照耀得满湖通红。湖边山上，青一块，紫一块，绿一块。树枝上都像水洗过一番的，尤其绿得可爱。湖里有十来枝荷花，苞子上清水滴滴，荷叶上水珠滚来滚去。王冕看了一回，心里想道："古人说，人在画图中，其实不错。可惜我这里没有一个画工，把这荷花画它几枝，也觉有趣。"又心里想道:"天下哪有个学不会的事,我何不自画它几枝。"

说的简直是印象派莫奈的荷池。

《儒林外史》的作者吴敬梓,生在清朝康熙四十年,死于乾隆十九年,才活了五十三岁,是喝酒后上床睡觉痰涌死掉的。学者们认为他写这部书是在四十至四十五岁左右,那么,是1740年以后的五六年了。

我算这个账干什么呢?

印象派在法国巴黎出现于1875、1876年之间。那一帮小伙子抬着太阳闯进了画坛。跟吴敬梓所描写的灿烂的湖光山色百分之百的印象派色彩理论要求,晚了足足一百三四十年。可惜吴敬梓理想的画中色彩的敏锐感觉没有把沉睡的中国画家唤醒……

世上留下有限的王冕精彩大作(可惜我眼前找不到他画荷花的图片,而只找到梅花的图片,但也是很了不起的手笔了),丝毫没有吴敬梓理想的端倪。王冕是王冕,吴敬梓是吴敬梓,画归画,说归说,都已给文化历史遗留下深深的芳香。够好了。

牧童里为什么总是出画家?

意大利翡冷翠的乔托(1266—1337)也是一个。

乔托的家在翡冷翠城外二十八公里的维奇奥村。当时的大画家奇马布埃有一天经过维奇奥,看见一个小孩蹲在桥头画羊群里的羊,聚精会神,旁若无人,画得那么精确有致,令他忘记了赶路,非常高兴地问他叫什么名字?几岁了?

"乔托!十岁!"孩子回答。

"你愿不愿意跟我到翡冷翠去,我教你画画?"

"愿!你要先问我的爸爸。"

乔托的爸爸名叫波翁多纳。原来,十岁大的儿子在本村已经很有聪明的名气,够他得到出足风头和荣誉的机会;听说权威人士愿意培养儿子成为真正的画家,马上就答应了。

大画家奇马布埃哺育小乔托长大,直到成为一个非常重要的画家。

名气大了,连教皇贝拿地卡特九世都想邀请他为圣彼得教堂画些画。便派了专使去托斯卡那一带了解一下乔托的品行和本领。见到乔托,说明了教皇的意思,问问是否可以带回一些作品让教皇看看?乔托随手撕下一张纸,提起画笔蘸着鲜红的颜色,画了一个圆圈。

"拿去吧!"圆圈像圆规画的那么圆。

专使以为乔托开玩笑,后来认为被侮弄,回去便将详细经过报告教皇。教皇却认为乔托

阿西西聖芳濟各教堂內藏喬托查瑪竇壁畫教堂格局極樸素，建築為世界建築史書上重要之一篇，章余寫之，祗舍恰在教堂面對此作為意大利之行中日曬雨淋寫生過程最適意者因有椅子可坐也

一九八六年七月七日關於阿西 黃永玉

的本领超过了当时所有的画家。很快地把他接到了梵蒂冈。以后，乔托画圆圈故事成为一个著名的谚语，嘲笑一个傻瓜便说："你比乔托画圆圈还简单！"

但丁是乔托的好朋友，一直在口头和文字上赞赏他，把他写进了《神曲》里。《十日谈》的作者薄伽丘称乔托是"卓越的天才"和"翡冷翠光荣的灯塔"。《十日谈》第六天第五篇故事写了以上的话。彼德拉克有一幅乔托为他画的像，遗嘱给帕都圭大公时说明"没有比这幅画更值得尊敬的礼物了"。

乔托到底有什么了不起呢？

听听薄伽丘怎么说：

"乔托把埋没了许多世代的美术带回了人间。"

每一个革新者都来自一座残酷的炼狱。从黑暗时期拜占庭艺术深渊里冲杀出来的第一个自由意志旗手就是乔托。

"文艺复兴"这个声音响彻至今的原因，就因为它得来不易。

"黑暗时期"巧夺天工的宗教裁判机器的残酷，其原始野蛮的程度和规模远远超过"四人帮"中的江青原始性质。

乔托在艺术上发现了人性并且勇敢地表现人性，形成了一系列完整的技术和理论技巧与崇高观念。

《文艺复兴欧洲艺术》一书中有一段这样的叙述：

……马萨乔、弗朗切斯卡、列奥纳多·达·芬奇、拉斐尔与米开朗琪罗这些早期文艺复兴与盛期文艺复兴的伟大艺术家，把乔托的美术作品当作塑造品格崇高的人物形象时予人以深刻启示的、永远朝气蓬勃的源泉。

不知道世上有列奥纳多·达·芬奇该挨打手板；不知道世界上有乔托呢？就该挨打屁股了。

阿西西圣芳济各教堂
96cm×89cm
1986 年

题款：
阿西西圣芳济各教堂内藏乔托重要壁画，教堂格局极朴素精确，为世界建筑史书上重要之篇章。余寓之旅舍恰在教堂面对，此作为意大利之行中日晒雨淋写生过程最适意者，因有椅子可坐也。
　　　一九八六年七月七日于阿西西小城　黄永玉
印文：
黄永玉

司都第奥巷仔

　　大教堂左侧有一条非常窄的巷仔，名叫司都第奥街，实际上跟英文画室的读法只是拧着一点腔，好像山西人讲北京话，意思是完全一样的——艺术工作室或画室的街。

　　深究起来，这条街可能还有许多古仔好讲。给一条街取个名字总不是无缘无故的。眼前，它的著名是由于一间一两百年——听说可能更早的卖美术用品的铺子。

　　巷仔不长，一百米吧？那一头是条名叫柯尔索的稍大些的横街；这一头就是环绕大教堂的热闹马路。

　　这家美术用品店真是令人一踏进门就舍不得离开。有关艺术的工具材料无所不包，画布，纸张，颜色油料，毛笔刷具，画板画架，凿子刻刀，以及13、14、15、16、17、18、19、20世纪各种不同时代壁画颜料及底子材料都分门别类地罗列有序。售货员的模样长得很有古意，他们细心地介绍，仿佛带领着我一世纪一世纪往后推移，脑子里展现出美术史上用这些颜料画出的一幅幅逆时针流转的经典壁画。

　　铺子里人山人海。外国附庸风雅的游客喜欢攀谈，顺势自我介绍也是热心的美术爱好者，这类每天发生的事是终能令人原谅的，万里迢迢来到翡冷翠，不抒发一点艺术气质，回国如何面对乡里？美术学院的年轻男女则是川流不息，东摸摸、西捏捏，一待半个钟头，看看价钱，冷笑一声走了；大不了应付面子，买一小盒木炭，或是两支铅笔……来是要来的，观赏和感染的成分较多，真正要用工具材料时，他们自有便宜的去处。

　　我好不容易在女儿的带领下，熟悉了从莱颇里搭11号A公共汽车在大教堂下车，再步行到司都第奥街的路线。以后我一缺材料也就会一个人到这儿来买了。多好，热天冷天，我这个不太寂寞的老头来来回回在这条路上走着。

铺子里的人熟悉我了。我给他们旅行支票，他们知道我不懂外币换算，细心耐烦地在打印好的价单上又用铅笔给我说明。次数多了就显得有些亲切。返港的前一天我又去了那里一趟，添购几支做蜡雕塑的刀具，并向他们告别。握手。

"喔！中国画家！欢迎再来翡冷翠！"

"会来的！我很喜欢意大利的美术材料和工具……"

"是的，意大利的美术材料一流，我们知道你买了很多——"他转身告诉一位长黑胡子的胖子，"——叽里咕噜，叽里咕噜……"

那黑胡子胖子扬了一下眉毛，对我笑了一笑。

同行的中国年轻朋友悄悄告诉我：

"他说你在他这里用了二十多张一千美元的旅行支票！"

我大吃一惊，觉得不太可能吧？事后一算，半年多来，竟真有这个数目。美术用品店不会出现大豪客的。正应了金圣叹临刑前那两句佳言："杀头，至痛也，而圣叹无意得之！"花了这么多钱，事后一想，真杀头般痛也！

我喜欢翡冷翠，喜欢与我安身立命的职业有关的美术用品店。第一次踏进这家铺子我就备感亲切。任何一种环境或一个人，初次见面就预感到离别的隐痛时，你必定爱上他了。

回香港已两个多月，几次梦中走进这家铺子！唉！可能由于少年时贫穷的渴望的回顾吧！

翡冷翠，非星期日，城圈以外的汽车不准进城。我选了个星期日，让女婿用车子把我安顿在柯尔索街边，对着这条迷人的司都第奥小巷画了一天。

这一天，发生了一件与绘画毫不相干的趣事。

我的画架搭在正对着司都第奥巷仔的人行道上。巷仔出口右手不远有座与民居连成一排的老教堂。十一点多钟还是更晚些时候，人们做完弥撒和礼拜再出来时，教堂门口忽然间沸腾起来。我爱理不理地继续写生，人群里出现了号啕。另一些从我身边走过的人们指手画脚不免使我的工作无法专注，远远望去，好像有人出了事。

我连忙放下画笔跑过去，原来是一位六七十岁的老太太晕在地上，脸色发绿，一动不动。睁开的两眼，却是一眨不眨。

不知从哪里来的胆子，我居然使出了当年

149

司都第奥巷仔
100cm×100cm
1990 年

在劳改农场当"草药组长"时的浑身解数，急忙摸出身边的火柴盒，抽出一根火柴，在老太太鼻下嘴上的"人中"部位轻轻触动起来。又在她双耳耳陀处进行按摩，接着在背后沿肩胛到腰部顺序紧压。

老太太活了。呼吸，眨她的眼睛，然后慢慢地坐了起来。我也真吓了一跳——"怎么这么快就活过来？"

登时引起人群一阵欢呼。神父念念有词，用他的右手在我的面前指指点点弄手脚，我明白这是对我的感谢而非跟我斗法。

人们环绕着我，无数虔诚的眼神，就在十步不远的教堂内的壁画上见过太多。我不知如何是好，便赶忙回到画画的地方。

那帮人又成群地跟了过来。女儿去给我买饮料，见到我成为中心，赶忙大叫："爸爸！出了什么事？"

接着救护车也哇哇地开来了，这群意大利人分成两队，一半对救护车大叫："不用了！不用了！中国大夫医好了！"

另一半在对我女儿夸奖她爸爸简直是神仙下凡。

各人掏出皮包要给我钱，女儿急着解释我不是医生，是个画家，不要钱……

"那么！我们大家去吃一点什么……"

"我在画画，没有时间吃东西。谢谢！谢谢！谢谢……"

他们走了。我继续画我的小巷仔。

这当然使我得意了好几天。

我不能和雷锋比，他风格高，做了好事一点都不说出来，只清清楚楚写在日记里。

我一回到住所就对几个中国留学生吹牛，描述得天花乱坠。

说句不怕脸红的话，我还写信到香港告诉我的好朋友们。惟恐天下人不知，风格低到极点。

毛主席《纪念白求恩》一文中就问过大家：

"这是什么精神？这是国际主义的精神，这是共产主义的精神……"

我这个算个什么精神呢？快乐精神，好玩精神！

说老实话，这有什么精神好算呢？不过遇到一件有意思的事情而已。

婀娜河上的美丽项链

老桥很老了，不晓得是哪年建立的，只听说1333年给一场大水冲走，原来是座木桥。十二年后改建成结实的石桥直到如今。

桥两边各有一排房子，原来是摆卖牛羊猪鱼肉档口，后来梅蒂奇大公下命令改为金银珠宝首饰的买卖街，这才使得老桥的身价一下子飞升起来。

马可·波罗1324年逝世，活了七十岁。他老人家在中国元世祖那里做了二十多年官，却还没有福气见到这座木桥变成石桥哩！

每天从早到晚都挤满了游客。为了翡冷翠，为了这座桥，全世界绅士淑女、流氓阿飞务必都要到这儿来站一站，照张相；买不买铺子里的东西倒在其次。

铺子里的东西不是随便说买就买的。你得有胆量走进去，还得有脸皮走出来。听说"玉婆"伊丽莎白·泰勒从这里买走一粒钻石，四颗蚕豆加起来那么大小。

有时我从桥上经过时，免不了也朝橱窗里望望。停下来自我对话：

"怎么？买不买一两件送给老婆？"

"这个人不喜欢这类玩意！"

"可以假定她喜欢嘛！"

"喜欢，我也没有这大笔闲钱！"

"假定有这笔闲钱。"

翡冷翠老桥
100cm×100cm
1992年

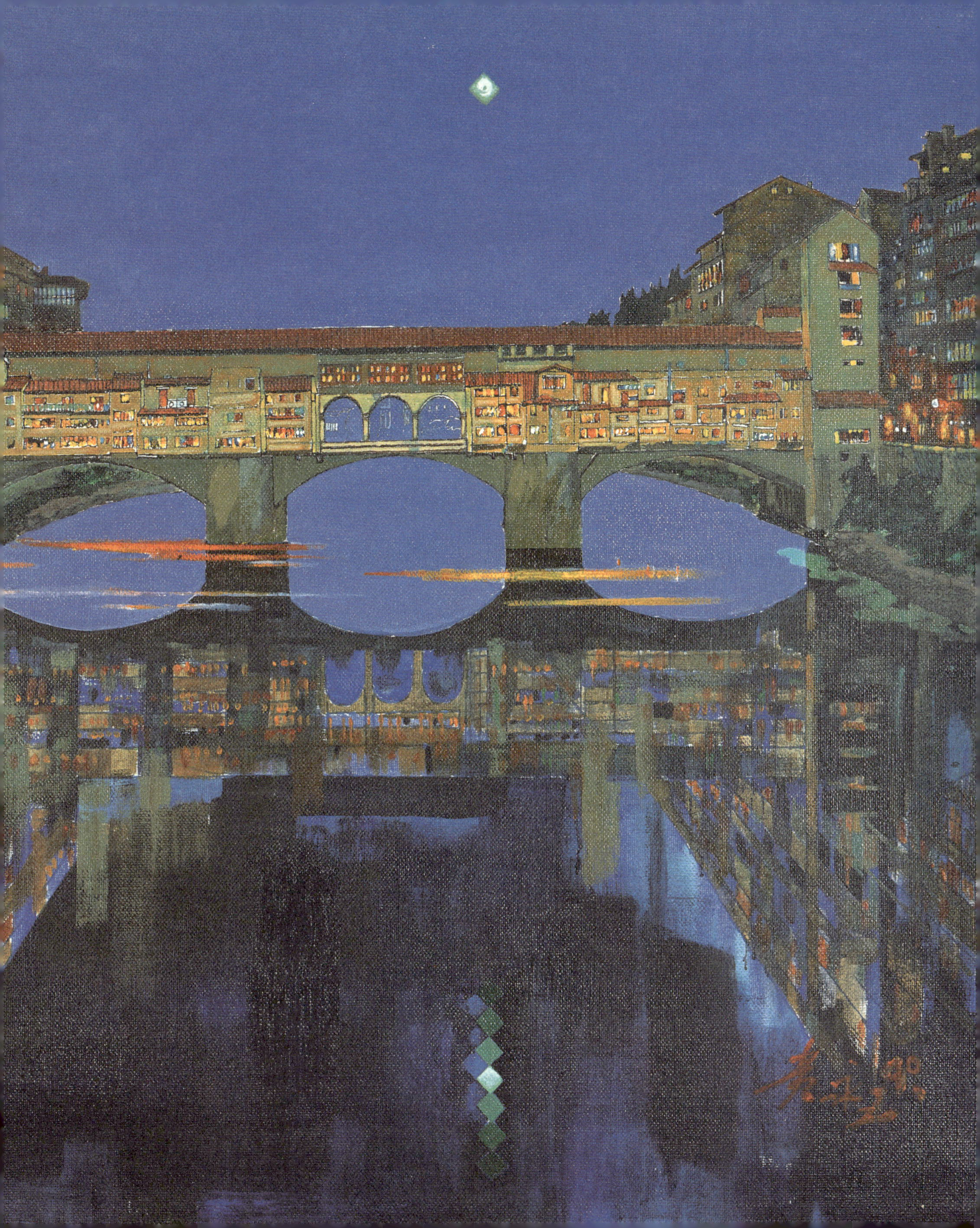

"你认为我真有吗？"

"为什么不可以假定？"

"哈！哈！有这闲钱，干吗买这类东西？"

说老实话，我比老婆还喜欢欣赏首饰，但不一定在老桥。老桥的首饰只是质料名贵，为着旅游人的口味，创意方面胆子较小。翡冷翠有的是好创意的首饰店，在小巷里头的一些幽暗的作坊里，人都长得比较清秀或古怪，男女参半，脾气与常人有别；看尽管看，可别希望她或他对你有殷勤的招呼。

他们的作品全系手工，见到不经意或粗糙的地方，这正是妙处，有如中国大写意水墨画的挥洒。

在老桥上散步，是在体会和享受一种特殊的情调。古桥上，蜂拥着诗意满面的现代人。人可以从不作诗甚至从不读诗，到某种时候，居然脸上会出现诗的感应。历史悠久的桥上或是好山水间，人的善良愿望找到了归宿。再恶的人也游山玩水，油然而生诗情时，也会来两句诗。这和信教的上教堂礼拜、忏悔是一样的意思，只是花样多一点而已。

老桥更适宜远看与回味。早晨，阳光最初一瞥的灿烂；晚上，满眼梦境的光闪。冬天，下了雪的桥上的夸张的热闹；春天桥上的花；秋天被风吹起的衣裾；夏天，一个赤裸粗犷的澡堂……

梅蒂奇家族在意大利文化的巨大贡献，对这座桥的命运的指点只是沧海一粟。要是老桥还在卖牛羊肉，众人会眷恋到如此程度吗？

说来惭愧，我的家乡也有过这么一座桥，名为"虹桥"。比起老桥，形势规模，要巍峨多了。遗憾的是，全国解放两三年后，为了方便交通，改成一座公路桥。"泯然众人矣"！

1950年我从香港回家乡探亲的时候还为它照过一张相，是爬在万寿宫背后的观景山半山上拍的。那时，母亲才五十多岁，五弟六弟还在家乡，堂妹永庄还未出嫁，表妹朝慧还是小孩。……变革的风雨雷霆还没到达这座遥远山城，一切和古时一样，太阳每天照着石头城墙，大街小巷都是石板路，两旁安静的白石灰墙上蔓伸着石榴、木香、十姊妹和薜荔花果的枝藤。八年抗战和解放战争失掉上万青年的这座小城，人们喘息未定，静悄悄的穷困和断肠，哀哀欲绝的延续……

虹桥上原来卖纸札玩货、糖食糕点、绣花鞋样和门神喜钱、书画文具、汉苗草药……都没有了，疏落的几个卖干果草鞋的老太太在轻声聊天。

照我小时候的记忆，虹桥上二十八间正式的铺面，上面两层通风的瓦顶飞檐。铺面的背

故乡的虹桥
40cm×38cm
1991 年

题款：
虹桥　黄永玉　默写　辛未
印文：
永玉　黄　不瓦全

后挂着高高低低的数不清的生活起居的小屋，上下游河两岸行人都能看得到小竹竿晾出的红衣绿裤和妇女们一闪而过的内室生活。

端午节划龙船，河两岸人群沸腾，桥上小屋上上下下更是挤满了笑闹的彩色点子。

凤凰是座山城，政治和经济生活仅够跟空气与泉水平衡。青年们要有出息都得往外闯，闯出了名堂的人大多不再回来。

只有意大利才会出现梅蒂奇和梅蒂奇家族。没有人，没有权力、智慧和爱心，该有的不会有；已有的也会失落。

凤凰县城的孩子现在只能从传说里知道桥上曾经有过许多房子了。再过多少年，老人们都不在的时候，连故事也就湮没了。

迷信和艺术的瓜葛

这一天，我坐在面对着老宫的一家半露天靠街的咖啡馆里，隔两个钟头叫一杯饮料，令老板没有话说，慢慢地画起画来。

近处是左右两行商店，过去就是广场，然后是老宫，看得到屹立的大卫。

我这张画看不到广场更左边的安摩纳1563年雕的海神像，后人都不喜欢这件作品，说他"糟蹋了那么好的白石头"，这是很不公道的。

海神像形神兼备，十分精彩，粗犷中的沉思，再加上八座铜铸的半羊半人莎蒂罗神和喷泉不息的飞舞，很少有人不受感动的。人的劣根往往不明就里，人云亦云，明明受惠，还要跟人起哄。

说到莎蒂罗半人半羊神，我是非常着迷的。表情深刻而幽默，动态的细腻微妙，造型上极有手段、有选择地夸张，那么新的美学见解，都令我难以相信这是与我们明朝嘉靖同时代的头脑和手艺。

欣赏艺术品的水平进展，总是先用耳朵后用眼睛，再用脑子的。

大家这么说，权威这么说，听多了，看多了，有点专业经验，再用脑子想一想，形成自己的见解。自然也有抱着别人的偏见终老一生的人，样子还颇为得意。

比如说《大卫》——米开朗琪罗这个大权威的大杰作，和安摩纳的《海神》比较，说到名气，安摩纳就矮了半截，就作品来说，海神的雄浑、流畅；大卫的剽悍、英俊，都是各见功夫的。如果挑剔，倒是大卫可说的多些。大卫的脑袋、脖子和身子的关系，似乎连接得不太理想，鼻子和眼睛像是用车床车出来的，挤在一块颇不舒展，也显得单薄，颜面骨和下巴

157

的关系那么一泻而下也显得突然。这都是美中不足的地方。注意起来不自在。虽然他是那么活灵活现,风神透脱。

忽然下雨了,幸好上头有篷子,远远的广场和近街地面开始出现雨水的反光,令我十分开心。

看看那些几万里之外奔赴而来的善男信女,为了过去的菩萨、今天的艺术品,虔诚地在意大利四处乱窜,只为了将有限时日的、人的价值和自己的素质提高,挨日晒,挨风吹,挨干渴饥饿;下起大雨,满身透湿地躲在别人屋檐下发抖……

有时,我不免对自己国家的文化这个东西产生虚无主义的寥落之感。

近代史中,龚定庵、魏源、谭嗣同、康有为、梁启超、张之洞、章太炎,大义是深明的,理论上脱离实际,效果只成为中国大地上空的天籁。"五四"打倒孔家店,也肢解了文化传统。所剩无几的供入庙堂,变做"重点文物保护单位""游览胜地";老人本身也成为"重点文物"。留在世上供人瞻仰的就是这些活的"重点文物"研究死的"重点文物"的诸般活动。

孙中山的"三民主义"不见在文化艺术上有系统的主张。伟大的蔡元培的理想却因自己开阔胸怀容纳下的各路山头兵马搅得颠三倒四。势如破竹,倒泻箩蟹,不可收拾。

家母曾是凤凰县第一任中国共产党宣传部长,1927年之前的两三年,她即带领着人马大打菩萨,并跟持不同意见的人吵架相骂。"五卅惨案"纪念日,她自己化装成红眉毛绿眼睛的外国人,一手提着仿佛装满血液的煤油桶,一手捏着把木制沾满人民鲜血的大斫刀,跟几个同样面容狰狞的同志,走在游行队伍的前列。颜色涂在脸上几天也洗不掉,使幼小的鄙人十分害怕。

打菩萨和破坏其他文化艺术已成为习惯,毫不手软。

解放初期,华南的文学艺术掌门人、华南文艺学院院长欧阳山,因为扩充校舍,动员全院师生把光孝寺所有的唐宋以来的大小菩萨砸得精光。一两丈高的大菩萨用粗麻绳捆着脑袋几十个人喊着劳动号子往前拉,直到一座座菩萨彻底倒下完事。那时的学生今天不少都当了局长部长,提起这些壮举,至今还开口生津,眉飞色舞。

翡冷翠老宫
100cm×100cm
1992年

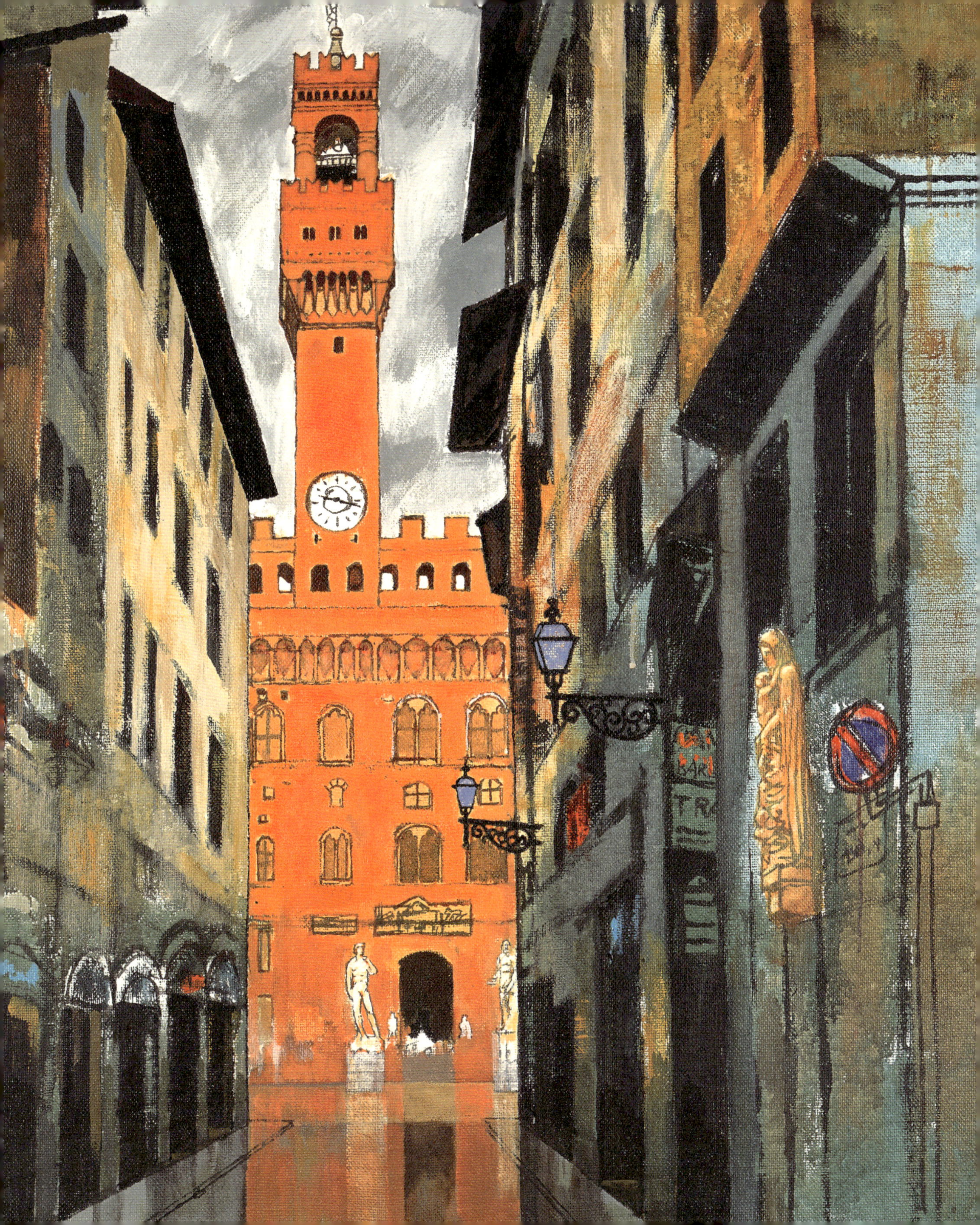

"文化大革命"，中央美术学院造反派搬出徐悲鸿以迄，历年购藏的唐、宋、元、明雕塑珍品，包括徐悲鸿千辛万苦从国外带回的著名雕刻名作复制品，堆在大操场。旧历六月天气，烈日当空，把我们这一帮活"四旧"驱成一个圆圈围着这堆死"四旧"跪下来。然后点起大火，四五十米高的火焰令上千的外围的革命群众心情热烈亢奋，高唱革命歌曲，踢我们的背脊和屁股，鼓舞我们露一手"凤凰涅槃"的把式。

"大破大立，不破不立，破字当头，立在其中"。这是毛主席讲"破"的口诀。"破"的实际，从人到物，我们都尝过它的滋味了，只是不明白"立在其中"是个什么意思？

直到最近这几年，我们中国人才心肝宝贝地重视起今古文化艺术品，形成一个"确实把群众发动起来了"的群众运动。为什么连挖祖坟盗墓的体育活动都盛行开展起来了呢？因为值钱，可以发家致富，"钱"，摇醒了整个朝野，真过瘾！

不管文艺复兴时期或前或后，外国的皇帝和封建主都有个不成文规矩，打仗归打仗，攻陷城池，谋财害命，绝不毁坏艺术珍品；甚至拿破仑、墨索里尼、希特勒，都流露过对文化艺术的爱好的修养。

我们破除迷信如给婴儿洗澡，洗完之后，连水带婴儿都倒掉了。

欧洲、中东、亚洲的进步，比如意大利、日本，原模原样的迷信品转化为世界艺术珍品；宗教活动继续顺利进行，老百姓的日子好像过得不坏。

打菩萨、买卖菩萨我们是最彻底的。还在告穷，"立"不"在其中"的原因，可能是菩萨生气了，不肯保佑吧？

大浪淘沙

抗战八年，日本人在后头追，老百姓跟着政府在前头跑，天涯海角，南腔北调，地球一大部分人的大游徙，不能不影响人文和生态，只是这些学问离我稍远，顾不得去理它。

一个历史的变化，政治的拼搏，总是为了人的进步才好；摸不着也要让人看得见；看不见也要让人盼得到。连盼都不想盼了，你能说还指望什么？

薄伽丘的《十日谈》跟当政（宗教力量）开玩笑的胆子不可谓不大，但写到第四第五天之后（那是几十个故事和许多年时光），战斗气息逐渐减弱而变得小心起来；一个战斗者害怕的孤独感终于出现了，甚至决定要烧掉这部书，幸好他的好朋友大诗人彼德拉克的劝阻抢救。要相信、要承认有一种使战斗者"孤独"的幽灵朝夕窥视的可怕力量。它渗透在任何历史时期任何人，任何性质的感情中。

战胜孤独，比战胜离别艰难。伟大如薄伽丘也怕。

抗战八年千万中国人流离失所却没有孤独感。大家苦在一块，"相濡以沫"也"相忘于江湖"，都不在乎。要聚就聚，要散就散。挨苦受累甚至上当受骗，炮弹临头饱尝人间辛酸，在夹缝中求欢乐，得温饱，一天又一天，靠盼望过日子。明白是日本鬼子跟我们打仗。且能感觉到某种好过点的东西越来越近，忽然一天恍然大悟原来"胜利"到来，盼的就是这个东西！日本投降。

盼望，为了团聚，重整家园，修复创伤。

如果不介意的话，容我讲两三个毫不相干的故事。

他怎么认识他太太的呢？40年代，抗战还差三年结束。有一天他在桂林乡下赶路，匆忙进入路边的茅厕。他蹲了半个钟头，痛恨自己身边除了有限的钞票之外，竟然忘了带纸。这位上海长大的书呆子死也不肯用泥块砖头和树叶解急。好不容易路过一位女士。他厚着脸皮求告，女士隔着破苇席子递给他一张包东西的草纸。

她是本村的小学教员。双方由此认识，而来往，而结婚。生活辛苦，但情感美满。

过去四五十年，历尽煎熬，儿女都长大成人，有了安稳的工作。两人的确也都举案齐眉白头到老。只是，除了好朋友，他们很少公开这个难以启齿的"恋爱经过"。太荒谬，太不近人情，也算不得什么悲剧和喜剧，简直不成戏文，跟"抗战"的意义和理论上的"阶级斗争"都挂不上钩。只是一样，如果不是抗战，广西姓王的少女是绝对不会嫁给上海姓刘的少男的。

50年代末期，三年灾荒，我认识一对因某种理由住在农村的夫妇，他们有太多孩子，七个；且大都是女孩。一般说来，女孩乖，懂事、体贴人。

倒数第三个女孩才四岁，饿倒了。什么病都没有，就是起不来。一天、三天、五天……

父母和其他的孩子白天晚上的忙。虽然所有的孩子都还活着……

半夜，四岁的女孩忽然要爸爸。

爸爸坐在床沿上。

"爸，你讲下广州城……"

爸爸说："……囡囡病好了，哪一天爸爸带囡囡去广州中山五路看外婆。中山五路有电影院，天天放好看的电影；还有中山公园，很多花，很多鸟唱歌……"

"爸，不讲电影，不要花，不要鸟唱歌……"

"呵！好！中山五路有占元阁茶楼，莲蓉包、虾饺烧卖、咖喱角。公园前卖桂林米粉，好鲜的汤味，一碗又一碗……摊档还卖椰子酸姜，又甜、又酸、又辣……"

"不要酸姜，爸……不要……"

一切归于静寂。

"她怎么啦？"妈妈问。

"……走了……"爸爸嘘了一口气。

她来到世上才四年，又匆匆走了。那时候，一般说，家里发生这类事，是没有人哭的。

"文化大革命"期间，我有几段漫长时期不能自由。恰好梁山好汉的数目，一百零八

我心中的圣烛
100cm×100cm
1990 年

个人被关在中央美术学院版画系长长的过道里，两头用粗木柱钉成牢门，早晚上锁，难得舒展。

要稍许的自由，只有装病。我装的是慢性传染性肝炎，经常到医院就诊。一去一两个钟头，换换空气口味也好。

医院里有我的熟人，他很谨慎，给一些方便和照顾之外从不给我看病，免得在这样的时候拉上不必要的瓜葛。

这样月复一月地过去。

大冷天的一个晚上，我照例去"看病"，候诊室人太多，多年习惯了的消毒药水味道永远令人不安，昏昏欲睡。

"走吧！我带你去看一个人。"

在"观察房"停着一个快死的女孩。十七或十八岁。朋友轻轻提醒我："看她多美！"

女孩跟她身上的白布一样，莹澈得像一座大理石圣母雕像。黑头发散满枕头。偏着头轻微喘着气，是她最后的时刻了。她眼望虚茫，隐约凄楚地浅笑，额角有几颗汗珠……

"父亲被打死了，母亲自杀，只剩下外婆。自己又得了血癌……"医生轻轻地告诉我。

一个美丽的躯体承担那么深重的绝望啊！

太平年月，她正当穿花衣花裙的年龄，她应该在河边草地上唱歌，她应该收到许多腼腆的男孩子的情书……

面对她坐着，她不知我是谁。爷爷还是摩西？

我一生从来没有见过这么从容安静的孩子，美得令我那么伤心……

这些零零碎碎的回忆发生在不同的年月。无可奈何的巧合蕴含着谐谑与凄怆；千百万善良而信任的心灵却如此创痕渊深。

"为什么？"你问我，我问谁呢？

文艺复兴到现在，几百年过去了。我忽然醒悟这些故事是否是一场梦？在非洲，千万孩子们饿成活骷髅，某些广场成为屠场……好像，我们的历史火车什么部位零件出了毛病，又往回开了。

文艺复兴时期开始描绘的圣母、圣婴、天使可爱而理想的形象，真的只能是天上才有的吗？

想起了李怡那天说过的话："……'文化大革命'那时候，他们，大人做着小孩子的事；小孩子做着大人的事！"

无始无终，哭笑不得，颠三倒四，连盼望的心境也陷入迷茫。

爱情传说

前几天跟朋友聊天，畅谈而至章太炎先生时，引发出一些故事。

那是因为朋友问起我意大利婚姻和男女关系，把我当做"意大利通"而出现的形势。

世界上乱子常就出在盲目相信和强自做大身上。我上意大利只是过了半年日子，大部分时间都在画画；文字语言一窍不通，遑论意大利这个那个？朋友不管这些。

我的一个多年认识而不算朋友的熟人，因为公事经过巴黎住了九天，他那个宝贝儿子便到处对人说："我爸爸在巴黎……"引得北京一小堆、一小堆的人传为笑谈。其实不太好笑；可怜而已。那儿子若在香港，见人天天出出进进，便不觉爸爸特别可圈可点了，即使仍觉得可圈可点，恐怕也只能"焖"在心里暗暗高兴。

这么一串子想下去，我就提到伍朝枢先生的尊翁伍廷芳先生逝世用的是火葬的事。伍朝枢告诉太炎先生："我爸爸逝世用的是火葬，算得是中国自古以来第一个用火葬仪式的人了。"

太炎先生冷冷地回答他："不然！武大郎就是火葬！"

大家哈哈一笑，由武大郎再回溯到太炎先生的婚姻……

太炎先生死了王夫人之后在报上登启事征婚……不要小脚，懂文章，讲平等，可离婚，丈夫死了可再嫁，比较苛严的只有一点，要湖北人。这条颇令人想不通。

太炎先生在七十八年前有这样的思想，今天看来也算十分之开通勇敢了；居然汤国梨女士脱颖而入地报了名且得到录取，跟太炎先生

165

风雨同舟，和谐终老，可真是出类拔萃之极。

再才谈到意大利的婚姻和男女问题。

我接触意大利朋友的机会不多，知识也就难得。一般看来他们的家庭也都是快快乐乐的。因为天主教的缘故，离婚看来比别处困难。不过也有离婚，准备离婚的双方各人偶尔带着异性朋友在某个场合见面的事我也是见过的，自自然然，没有摆出仇人相见的架势，在我们中国人看来就不太习惯。

我女儿、女婿有个朋友，他爸爸开航空公司的，由他管理业务。他每年送我女儿、女婿两张翡冷翠到香港的来回票，条件是换一张我画的小小的画。年年如此。

有一年，我女儿、女婿自己买票回来了，说是那小子抛开他老婆跑了。

跑是跑了，我女儿、女婿却不停地收到他从不注明地址的地方寄来的贺年片，有时附几句话："……和女朋友新添了一个女儿……"

他的父亲暴跳如雷，眼看这个独子丢下业务不管，却不知躲到哪里……

这个年轻人我见过，胖胖的，笑眯眯的，一头浓密黑发，双眼看人，十分诚恳。

现代意大利人写书的喜欢说本国人对婚姻和爱情生活严肃而忠贞，我是相信的。连莎士比亚也这么说嘛！是不是？

但薄伽丘一连串对婚姻与爱情生活的调皮捣蛋故事，我也是相信的。

贞节烈女虽有牌坊，风流娘们儿却有口碑，两样都是万古流芳的。

路易吉·巴尔齐尼就说过："妻子接待情夫越来越慷慨大方，满不在乎。丈夫在处理绿帽子问题上不得不更现实些、文明些，少采用一些流血的方式……"

他还说到一些故事，大约是：

19世纪的帕帕多波利伯爵的夫人是个威尼斯远近闻名的美人。有一晚做丈夫的就听见床底下有人翻身和打呼噜的声音，居然毫不动容。第二天清早吃早餐的时候，他端了一杯咖啡送到床底下，亲切地问那位不敢露面的"野男人"："你喝咖啡放不放糖？"

1861年当第二届意大利首相的贝蒂诺·里卡索利伯爵带着年轻的太太安娜·波娜科尔西到翡冷翠参加舞会，眼看着年轻俊美的男士在引诱他的太太，马上带她走出舞会，叫车夫把马车驾到布罗里奥他的老城堡那儿去，从此两夫妇住在那里直到终老。

布罗里奥地方很荒凉，树少，只能栽培上好的葡萄。伯爵在那里研制出一种用白葡萄和红葡萄混合两次发酵的、至今保持秘方的名酒，用这种坚定特殊方式维护了家族的清白

爱情传说
65cm×65cm
1992 年

题款：

爱情传说　壁画临本

印文：

不瓦全斋

名誉。

中国在爱情和夫妇关系上属于"性灵派";偏重于名誉和精神。四川好多年前有一位军阀,知道小老婆跟自己的随身马弁搞上了,叫他们两个前来,当着众人面前说:"从此你(小老婆)跟他(马弁)了!"还拨了花园的一间小屋给他们俩。但当马弁不在家的时候,军阀却偷偷走去跟小老婆幽会。

秘书看不顺眼,问他何苦如此?

军阀说:"他要老子戴绿帽;老子也让他戴绿帽!"

这种逻辑,不知外国有没有?

罗马，最初的黄昏

有几天我们去了罗马，在附近一个小城阿里阿罗看望我儿子十几年前的雕塑老师维吉里奥·莫塔和师母弗兰卡。除了罗马城里有一间祖传的金银手工作坊外，在阿里阿罗他们亲手建设起来这座庄园。

地窖很宽广，是铸造作坊。地面上有麻石铺就的客厅、餐室、工作室和不少卧室。粗大的木楼梯上去是书房兼陈列自己作品的精致套间。

养着一些猫，一只大狗名叫布隆多，毛粗得像麻绳，平日在家里看门，一年几次地跟人上山打野猪。布隆多粗鲁得像李逵，也懂得人的细腻情感。此外还有一些鸡鸭、火鸡，一只其大无比的肉猪；一匹自由放荡、爱唱爱闹、一事不做的毛驴安东尼亚女士。

园子里栽了葡萄、橄榄和其他果树，还有瓜豆蔬菜。

维吉里奥的金属雕刻行当是祖传。祖辈为国王家族制造金银饰品和皇冠，传到维吉里奥·莫塔时，也曾经为欧洲剩下的几个小国王做过皇冠，大部分转业为总统、总理服务了。定期做些金银雕塑国家礼品。

要不亲眼看见，你难以相信一个人技巧智慧会达到这种程度。罗马城中所有的巨型纪念塔上的雕塑，他顷刻能用蜡捏造出来，一寸或一尺随心所欲，神气不差毫厘。

我儿子跟了他一年，被他们家里当做亲儿子疼爱，每天做好吃的饭菜，连衣服都不准他自己洗。一年后，儿子去米兰上工业艺术设计学院前夕，他们还哭了一场。

这已是很多年以前的事了，往事如梦如烟……

这一次我们又去他家住了好几天，见到许

多新老朋友，纯意大利式的生活和交情。热烈真挚，白天晚上，有如过年。友朋的相处的温暖，最接近"感激"的心情和诗意了！

有一天维吉里奥·莫塔说要开车带我、他太太的弟弟和我的儿子黑蛮去一个地方。我也听不清他说的是个什么地方，儿子的脾气是不狠狠砸他一锤子是不说话的，于是信着莫塔在坑坑洼洼里、山沟里乱串，心里揣度目的地不会有太多的文明可看了……或是，他要为我实践打野猪的诺言？

行行重行行，我瞌睡反复，停在一个野气十足的山下，下车上山。一个钟头或是两个钟头，来到一批古旧得像火山熔岩凝固的、败落到底的房屋群面前。

几百年大树夺门而入再穿窗而出，缭绕回环，四围安静如水，景象森穆庄严。原来是罗马前文化时期的遗址，算算一两千年了。居然还有高与树齐的石建人工水渠。半圆形的斗拱顶着一条巨大的管道。作为罗马人的子孙，是意大利人的骄傲，作为人类的子孙，我们大家都有份的骄傲。

写这段文章时我见了鬼，把这座山的名字忘了。

再走上去，一批文艺复兴时期的建筑，住屋和教堂，也都坍毁得不三不四。高山平坡上，残阳夕照下一座教堂，屋顶也没有了，还说是文艺复兴晚期的贝利尼设计的。贝利尼这家伙好了得，是《阿波罗和达菲利娅》那座著名雕塑的作者。

在这荒无人烟的山坡上盖那么大的教堂干什么？谁来做礼拜？神父岂不落寞不堪？也可能当时住过很多人，因为战争、鼠疫之类的不幸，人都失落了……

匆忙地摆起画架，用短跑家的速度，画了一张画，取了《罗马，最初的黄昏》这个题目。题目是我心灵的感应，画的是几百年前的教堂，心里想的是罗马前期文化。说切题也可以，说不切题也可以，是我自己的事。

写到这里，记起这地区了，它名叫依特鲁斯坎，属于拉香省管辖。

画完画，大家一齐回家。疲乏，没什么值得说的。

在那座山上坐着画画的时候，想起我在北京的一些日子。时常和家人或是朋友到十三陵那些没有人理睬的废陵去玩。

我们自己开车，把车子停在废陵的门口，搬出茶具和毡子席子，锁上车门，一直走进杳无人迹的陵园里去。

数代豪华，隐没在荒草颓垣、乱鸦斜日里。松柏肃杀，牌坊和石雕的祭坛供桌，山影似的

罗马，最初的黄昏
100cm×100cm
1990 年

远处高耸的陵殿，都令我觉得在跟当年的皇上聊天神会的感觉。静得很，偶尔才一两声鸟叫。

我常去的有康陵、泰陵、宪陵……这都是只有放羊人才去的地方。

好朋友到访，不管男女，都要开车陪他们到那儿去坐坐，喝杯茶。其中有些朋友深沉地认为，这是他一生最重要的品味；另一些朋友事后告诉别的朋友："黄永玉开车带我们上那种地方去，断墙断瓦，坐没个坐处，铺张席子在地上，还兴致盎然地请人喝茶，那种地方，谁还喝得下茶去？无聊！"

唉！朋友跟朋友可不一样。

什么叫公园

记得解放初期,某位大诗人仗着跟毛泽东主席的几十年友谊,要毛把颐和园偌大的地方送给他。毛纵然是国家主席也免不了吓一大跳,这哪里送得起呢?也显得这位诗人十分天真,毕竟是个只会作诗的诗人。

《北史·景穆十二王传》说:"任城王澄表减公园之地,以给无业",那时"公园"怕也只是"官地",没有把现在的"公园"一块块分给穷老百姓的意思。要真分了,岂不闹得天翻地覆?反过来一想,一个诗人要颐和园这么大的地方干吗?他管得了、住得下、养得起吗?

真正的公园我也不知道从哪里说起,培根有一篇《论花园》的文章,说的是花园设计,和我现在的想法关系不大。"乐游苑",算不算比较早的地方呢?汉宣帝的神爵三年(公元前59年)起"乐游苑",那地方在长安南边最高的地方,可以欣赏城里的街道景致,原来既然叫做"乐游苑",大概应属于"御花园"的范围。八百多年后唐朝的李白的词里已经是"乐游原上清秋节",自然而然地成为当时老百姓搞"晨运""烧烤"的天然公园了。

鄙人70年代初劳改下放三年,最初一年多在河北磁县,劳动于十几里的临漳河一带。提起这条河可是大大有名。战国时代的魏国人西门豹的《河伯娶妇》故事就是在这里演出的。曹魏的阿瞒先生在这里练过水军;既淹得死良家妇女和巫婆,又练得了强大的水军,应该算得汤而汪之的大河了,不然,两千多年后的漳河水深已不过膝,鄙人那时官居"草药组长",随便拉着满载"旋覆"黄花的双轮板车涉水过河已十分轻松。《西门豹治邺》的这座"邺城",变成几十户人家的小村庄,除了小学教

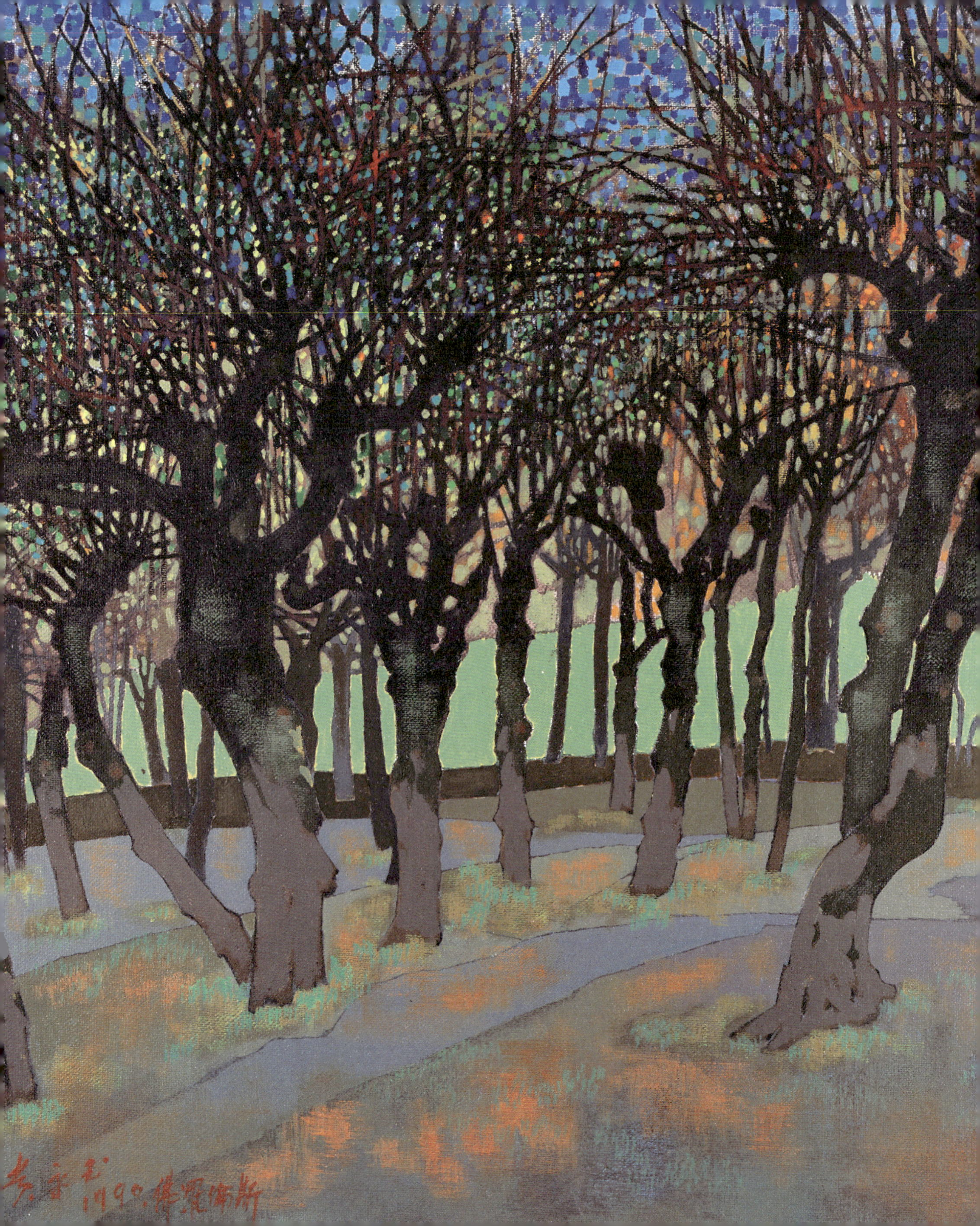
1990

员之外,谁也不清楚自己这块土地上发生过那么惊天动地的事情!

"铜雀台"也在村子外头西北另一个更小的村子边上。建安十五年(公元210年)曹操在漳河边盖了座"铜雀台",三年之后加了一座"金虎台",后来又弄了座"冰井台",一共在三个山上接连盖了三座宫殿。养了千百个宫妃侍女和招待来宾的"文工团",可以想象其规模和气派之伟大。眼前呢!只剩下二十来公尺高的一个半土墩子,土墩子上有座极勉强的小学,坡下一座后来不知什么时代留下的坍毁的庙门和半截老树。庙门洞左侧地面竖躺着一段两公尺左右的青石龙头雕刻,远不过明代,算是颇为式微的艺术文物了。

眼前这样的面目和架势,别说"铜雀春深锁二乔",我看连坡上的两三个小学村童也都"锁"不住的。

惟一留下的纪念是这可怜可悯的小村子的名字还叫做"三台"。

这里要成为"公园"或旅游点是根本不可能的。一切都灰飞烟灭,彻底完蛋,"以给无业"也没有人要。

这就让我想起要有资格成为今天的"公园",还得具备一定的条件。

漳河没有了,铜雀台没有了,连"规恢三百余里,阁道通骊山八百余里"的阿房宫都没有了。变成农田,变成荒地,自自然然。"楚王台榭空山丘"!一点也不奇怪。

圆明园,英法联军烧剩了几根石头柱子。烧剩几根柱子也好;总比"大炼钢铁"时期烧得"一根鸡巴毛也不剩"(河北农民评语)好得多。

鄙人倒是双手拥护赞成做皇帝、做总统、做第一把手的多盖宫殿别墅,楼、堂、馆、所,要多讲究就怎么讲究,要多阔气就怎么阔气;贯彻再接再厉、前赴后继、一往直前、奋不顾身的精神,踏踏实实,不怕倾家荡产地做下去。这有个好处,既照顾了皇帝、总统和第一把手的"眼前利益",也庇荫了老百姓的"长远利益"。这批建筑迟早会变成颐和园、天坛、中山公园、劳动人民文化宫"回到人民手中"。

欧洲、亚洲、中东,这样的正反例子多的是。希腊、罗马,皇帝、将军大打其仗,总是遵守着一定的"比赛规则":"杀人,不毁物"。人死了成为古人,却留下了搬不走的东西。财不尽,民再穷也还翻得了身。

原来也是梅蒂奇家的公园一角
100cm×100cm
1990 年

连菲律宾的马科斯夫人，也鼓着一肚子气在首都马尼拉盖了许多令人难忘的、有益社会的公共建筑和文化殿堂。

最混蛋的是那个埃及的末代皇帝法鲁克和越南的保大。百分之百的头号"二世祖"，超级花花公子，狂嫖滥赌，到处玩乐，无恶不作，花光祖业完事……

（法鲁克虽然是个混蛋，他倒是说过一段颇有预见性的行话：再过几十年，世界最后只剩下一个皇帝，那就是桥牌中的"老K"！）

世上没有梅蒂奇，没有慈禧和她上几代"先帝爷"，没有路易王朝，没有沙皇……我们会少多少公园和游览胜地？

我始终弄不清公园的来历。比如说，像找纯种狗一样，弄一两座跟封建王朝毫不挂连的纯种公园出来让我见识见识。

不是公园，却硬说是公园的事我倒知道不少，我知道大家都不想听。不说了！

好笑和不好笑

说是世界上哪一国人民最会开玩笑，最富于幽默感，最会挖苦人，那是不一定的。时代的演衍，趣味的升腾，促使人们的心情这样那样；甚至因为某个统治者不喜欢随便开玩笑令整个时代严肃起来的情况也都经常发生。随便下断语总是靠不住的。

所谓的"严肃"，其实多是表面现象。幽默感和滑稽状态的火花有时甚至出现在政治陷阱的边沿。

说敖德萨人嘴巴皮刻薄世界第一，开玩笑世界第一，骂粗口的花样世界第一，男女老少机智的普遍世界第一，一个马车夫顶得十个伊索聪明，我不信。既然如此能耐，没见出过哪怕是一本这类性质的书让我开开眼界。说这话的人可能不太知道世界。全世界人开玩笑和幽默水平完全一样，只不过穷有穷玩笑，阔有阔玩笑而已。

爱默生就说过："人类几乎是普遍地爱好谐趣，是自然界惟一的会开玩笑的生物……自然界万物中最低级的不说笑话，而最高级的也不。"

"智力遇到了阻碍，期望遇到失望，智力的连贯性被打断了，这是喜剧……"

两三年前，在北京人大会堂散会出来遇见侯宝林，他搭我的便车一齐回招待所住处去。车里就我们两人，他问我，最近还教不教学生？我说早就不教了。教了三十几年学生，一班又一班，好像做娘的把儿子奶大了，反而一口咬断了娘的奶头，让人寒心……

侯宝林叹了一口气说："怪不得现在喂孩子改用奶瓶……"

我没听说过希特勒喜不喜欢听笑话，不过我亲身经历过一段漫长的不流行讲笑话的时代。偷偷地讲，偷偷地笑，"运动"一来，笑过的人就会振振有词地揭发讲笑话的人的罪状，"揭发材料"公开出来，大家从笑话内容里挑剔政治含义，那是非常"触及灵魂"的。

那个时代有一种"不笑的人"。梅瑞狄斯说这种人"和尸体一样，用针刺他们也不会流出血来。让他们笑，比让已经从山顶滚到山谷里的古老的灰色圆石头再自己滚上山去还难。……恨笑者，很快就学会了把他的厌恶性质庄严化，把它说成是一种道德的抗议"。

这些话说得那么中肯，1877年到现在一百一十四年了，好像开剥的是现在的一些人。想起这段文章还不免替梅瑞狄斯担一点反革命言论的风险。

"四人帮"垮台前几个月，多少年来习惯靠嗅觉过日子的人还在寻找立功的机会，某省的一个人忽然发现一本薄薄的名叫《袖珍神学》的商务印书馆出版的翻译小册子，认为问题严重，有攻击党中央的反动言论，便写了一个报告给"四人帮"进行揭发，冀图立功，"四人帮"办公室把这封信转给出版局，出版局转给商务印书馆党委。商务印书馆党委都是一帮子读书人，读到这封揭发信真是又惊又喜，给那个写信的积极分子的机构党委去了一封信，大意说这本《袖珍神学》是世界名著，两百多年前的一位伟大哲学家为反对宗教迫害假充一个神父的名字写出来的战斗作品；马克思、恩格斯曾经慎重地推荐过。你们属下的这位同志思想本身存在严重问题，阴暗思想中有不可告人的目的……应加强教育……如何，如何……某省的那人的领导机关收到这封信倒真如挨晴天霹雳，吓得连忙向商务印书馆党委作了道歉和领导无方的书面检查，保证好好对这位不肖干部加强教育……我相信，那时候北京商务印书馆的朋友们得到的快乐简直是千载难逢。

意大利眼前的生活状况好像跟政治激烈斗争距离得颇为遥远，中东战争令他们神魂颠倒过好一阵子而又平静下来。笑话大多流行在一种"呵痒"式的嘲讽上。他们曾经有过一位对艺术修养颇为自信的总统，于是出现过这么一个笑话。

某年，总统到巴黎去参观罗浮宫艺术珍品，来到印象派作品群面前。

啊！马奈的作品！

陪同者轻轻对他说，这是莫奈的作品；

啊！雷诺阿的人像！

陪同者轻轻对他说，这是德加的作品；

啊！没错！这是图鲁兹·劳特累克的自画像！

陪同者轻轻对他说：总统先生，这不是画，

洪水猛兽
100cm×100cm
1990 年

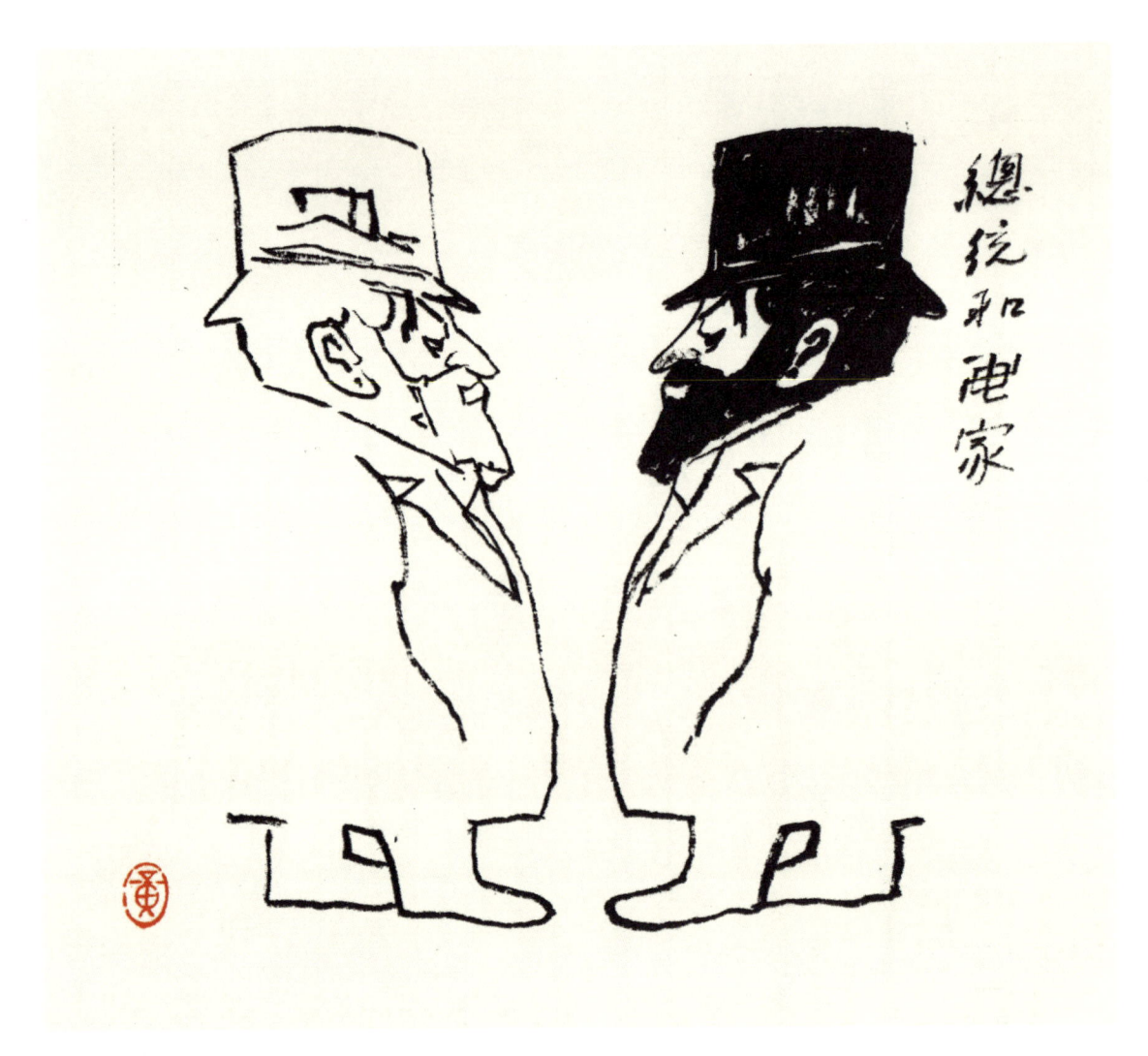

总统和画家
20cm×25cm
1992 年

题款：
总统和画家
印文：
黄

是一面镜子……

图鲁兹·劳特累克这位画家长得又怪又矮,不知道当时总统听到陪同人员的说明时,自己生气还是大笑?

聪明智慧与典雅的风度同在,那便是个太平年月。

教皇乌尔班对大艺术家贝利尼的称赞别具一格:"您有幸认识我这个教皇,我却有幸活在伟大的贝利尼时代。"

意大利法西斯头子墨索里尼1883年出生,1945年4月间和他剩下的几个党徒一起在米兰被群众吊死。他曾经在1932年对人说过一句著名的话:"什么样的人就会得到什么样的死!"

这个人骗了一辈子人,做了一辈子戏,死了也像傀儡一样地倒挂在电线杆上。听说他是一点玩笑也不开的,因为他本身就是个小丑。

任何一个具备丰富文化素养和幽默感的民族,并不等于说永远不愤怒,不反抗,不杀人的;这是根本的两码事。

想想法国、德国、俄罗斯……以及中国这些民族,那些又厚又重的历史……

圣契米里亚诺

几座小名城离翡冷翠都不远，个把钟头了不起了。

圣契米里亚诺小虽小，却有一百多座抵抗外侮的石堡。谁来打谁，勇敢非凡。多少多少年后毕竟给翡冷翠征服了。侵略者吃了久攻不下的苦头，都因为石堡的缘故，把愤怒卸在石堡身上，便着手一座座拆毁它，直到现在，留下给后人的还是不少。

小城建设在山坡斜面上，景致非常。一条很窄的"大街"，罗列珍贵物品食物的商店，酒店门口站着两三只全须全尾的野猪标本，墙上挂着鹿头以广招徕。有上好的芝士条、牛油、面包、鹿肉和野猪肉腊肠与火腿可以生吃；自然还有各类软得像羽绒枕头，硬得像噩梦般的可口面包，以适应各类型号的牙齿和嘴巴。自然还有酒。

旁边并列的住家小街，情调更妙，保持着百年前的原样。崩坍处只准加固，不可修理。

一个威尼斯大学中文系的女孩名叫西薇雅，他们家的度假屋就在其中的一个门里。有一天女儿告诉我西薇雅正在写关于我的艺术的研究论文，听说我到翡冷翠来了，要见见我。

西薇雅是一个温和而美丽的姑娘。灿烂极了。一对修长的丹凤眼，端正的鼻子，快乐的笑容。中国式的身材。

那时她还不会讲中国话。我们大家上老宫写生的时候，她就为我拍照，看我带去的画册，在本子上做些记录。不久她就要到北京学中文，去几个月，再经香港回意大利。我们说好在香港家里等她。

她走前，介绍她的父母和我们认识。见到西薇雅的父母，我知道西薇雅漂亮的当然原因了。西薇雅走了之后，我们跟她父母成为好友。

中世纪庭院
100cm×100cm
1990 年

他们来过我们家吃女儿做的中国菜。我们上她父母家吃意大利菜。

我认识圣契米里亚诺就是因为这有趣的交往而引起的。

有三天我们住在西薇雅在圣契米里亚诺的度假屋里。既然晚上不为赶回翡冷翠而焦急，心情松散多了。白天画画，上街选了好几个角度，今天这里，明天那里，贴着铺子门口和广场。在当紧的风景点画将起来。忘记什么，回家拿去就是。游客不算，酒铺、画廊、饭店的大小都认识了。三天来参加过画廊的一个画展开幕酒会；看过一次大型的拍片过程，就在教堂门口，几百人，一直继续到深夜的灯火辉煌、乐声大作的场面，只是利用现成巍峨的大教堂门口的那一派气象而已。真是可遇而不可求。透蓝的天空镶满繁星之下，不感动者几稀！

第二天大早碰到一件扫兴的事。梅溪发现演员里有一位女主角是她所熟悉的鼎鼎大名的某某女士。其实梅溪这个人原来并不怎么热衷这类事的，世事难以令其感动，这当口忽然眉飞色舞起来，要去跟那位"偶像"拍照。那位女士想必也是心血来潮，拥着她，让女儿一张又一张地拍到尽兴为止。当然，这些相片拿回香港给朋友看的时候，会有几句得意之笔的描述。

（回到翡冷翠，才知道女儿的相机造成了终生难以原谅的错误，一张也没有拍出来。）

教堂左侧斜坡进入一座中世纪庭院，厚实古老巨石盖成的地面和拱门，几位年轻人烘托着一个弹竖琴的朋友，穿着新潮，弹的却是扎实之极的古典曲子。听众肃立或坐在石头

圣契米里亚诺
100cm×100cm
1992 年

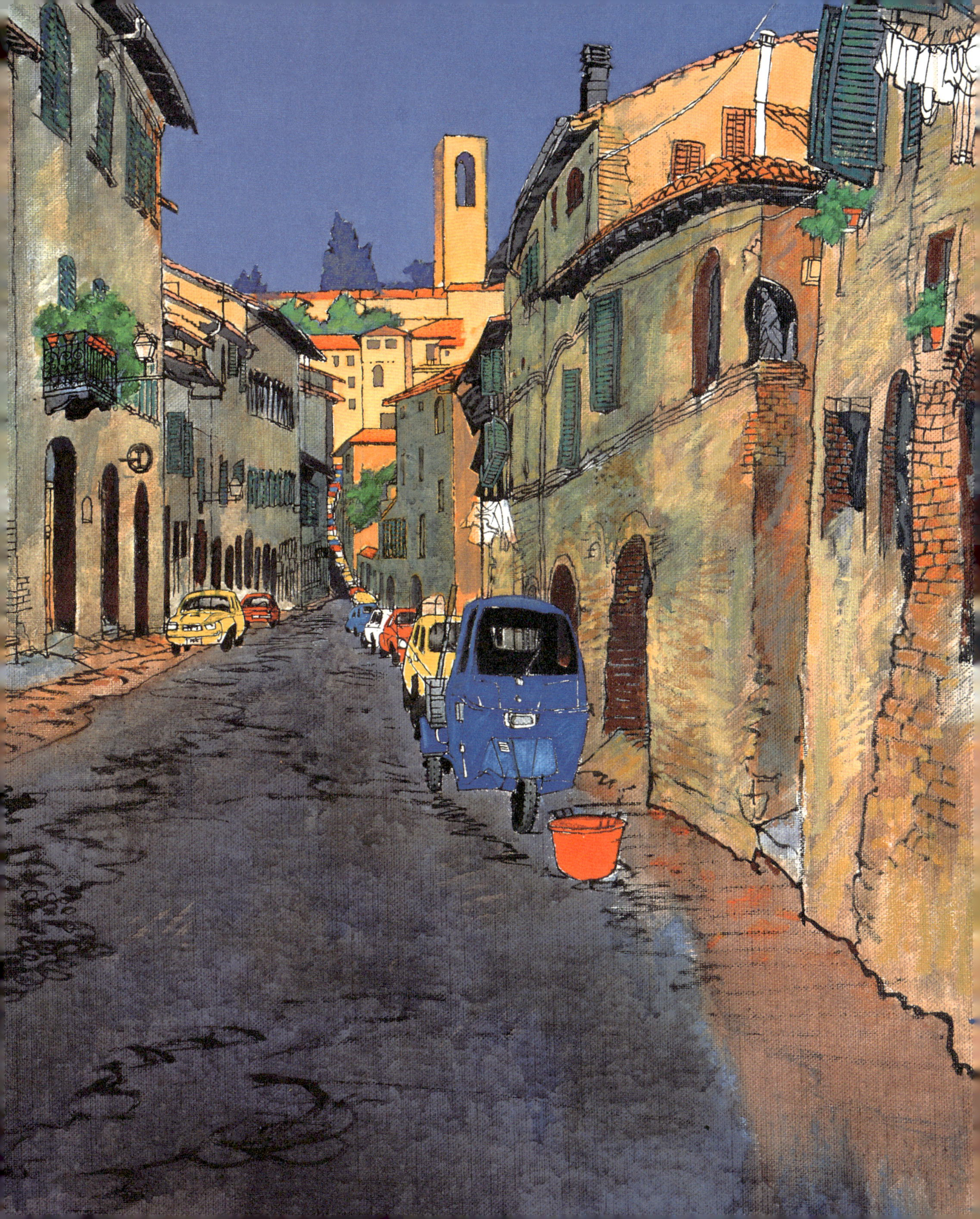

地上，一曲终了接着一曲，间隔时大家面面相觑，忘记了赞叹。

外墙周围青蓝色的大树衬托着古老花岗岩建筑，穆静的声色，艺术和宗教感情融为一体……

后来我们又去了几次圣契米里亚诺，一次是梅溪去买了几十个小小的古典木镜框；一次好像是去买酒。酒铺在半路上的修道院，下山时我们的新车给一个冒失但漂亮的女娃撞了；她很抱歉而慌张地签了赔偿契约，害我们半个多月没有大车用。

在圣契米里亚诺我画了两幅塑胶彩画。

过旧年前我回到香港。西薇雅果然在四月间经过香港回意大利，给我们家来了电话，说是已经住在一家什么小旅馆，我们让她马上搬来我家。女儿的房间让她住，看起来她很开心；最初几天我们陪她上这上那，买东西，吃饭；以后她居然可以独自地出去了，也是带回来一包又一包的东西。她喜欢我们的家，她说我们家有那么多绿色的叶子。跟我们的"佩鲁基诺"和"郁郁"成了好朋友；看书或写什么的时候，"郁郁"便会跳在沙发上跟她坐在一起。大约住了十天半月吧！我们大家送西薇雅上飞机，她回意大利去了。这次路过香港，居然能用普通话跟我们交谈，才四个多月时间，好像服食过仙丹。太神奇了！

她会唱歌吗？一个快乐的意大利女孩怎能不唱歌呢？在我们家她一点也没唱，大概是不好意思吧？

我们挺想念她。

米兰与霍大侠

我在米兰待过不少日子。

待这么一段日子我认为够了。

虽然它有达·芬奇的《最后的晚餐》，有大教堂，我也认为够了。论居住，我喜欢翡冷翠。

米兰是漂亮的，华丽、崇高、典雅、飘拂着古代诗意的和风……

我画过大教堂。

没画过大教堂，你不知它的厉害；胆敢在大教堂面前一站；胆敢拉开画架；胆敢面对来来往往的看画严格的路人；要不是十分地虔诚，便是要脸皮特厚，经得起冷嘲热讽的鞭挞。

大教堂有几部分微妙的整体组合，有繁复到家的透视关系；注意力稍有疏忽，用笔稍一懈怠，横线不横，直线不直，斜线不规一在透视点上，一错百错，马上如在万人观众面前落裤，无处藏身。

在米兰大教堂面前写生，是一种考试。不管平常牛皮吹起多狠，画一张米兰教堂便见分晓。（自然，还有一个更难的考题留在罗马梵蒂冈广场周围的那一圈走廊。是一场你死我活的血肉的拼搏，有一天我终于会去试试。）

这一天，儿子陪着我，选了个人烟稍少的街角画将起来。三个钟头左右，远远一个要不是酒鬼便是疯子的人，指手画脚，连唱带说冲我而来。

儿子说："坏了！"马上做战斗应变准备。

这人来到面前，看见我在画画，当面鞠了一个躬，静悄悄地移步到我的背后看起画来。据儿子事后告诉我，他严密注视，一有动作马上就扑向敌人，绝不手软。

直到完成，意料之内的险象并未发生。那人一直看到画完，道了声多谢转身走了。没走几步，便又连嚷带唱地闹了起来。

霍大侠
35cm×70cm
1990 年

题款：
霍大侠
黄永玉 一九九〇年八月廿六日于翡冷翠

    在这里，我长了一个见识，连疯子都是尊重艺术的。收拾了画具，搭电车上画家霍刚住处去，他那里今晚有一个家宴；我们一家，上海来的女声乐家，原住在这里的男声乐家……

    霍刚自己主厨。他那顿饭如何令客人从头到尾的惊奇不已，我在以前的一篇文章里已有详细的描述，这里不再累赘了。

    霍刚生活在意大利已经许多年，在意大利，他是一个重要的中国画家。单身居住在已经属于自己的大屋子里。每年靠创作严谨的新潮派绘画过日子，非常、非常地自得其乐。

    一个在中国人看来算大、意大利人看来平常的大鼻子，一头白发，却穿着件套头的鲜红的毛衣。这是他的商标。意大利人也是见怪不怪的，但霍刚走在路上，谁都难免不回头望他一眼。这位画家的风度是潇洒而自然的。

米兰大教堂
89cm×96cm
1986年

题款
意大利米兰大教堂
黄永玉 一九八六年七月廿四日

米兰大教堂
100cm×100cm
1990 年

认识他快十年了，只有一样行为是夸张的，就是他酷爱收藏唱片的习惯。火焰似的狂热。要那么多唱片干什么呢？有那么多的耳朵去听它们吗，四十分钟听一片，保守地说，一万多张唱片，几辈子才听得完？不计成本，不计路程，不计精力，为了一张张稀罕的唱片，年复一年，连老婆也耽误了。

我在米兰见过他，他在北京见过我，我又在翡冷翠跟他去饭馆吃饭，在那个有一两百年历史的，我记不起名字的咖啡馆喝咖啡。他欣赏我买的皮衣，却说自己舍不得花这些钱；唱片呢？他倒是像赌徒一样地激情搜刮。

在意大利，没有中国人不认识霍刚的。称他做"霍大侠"。他有一部老车，任何一个人，不管新老，只要有求于他，无论天气，不管路途，去二百里、三百里外；半夜三更上飞机场，他都乐于帮忙。有不良的负心朋友搬走了他的东西，他说，算了！有粗心朋友把行李寄托在他屋里，一去几年杳无音信，他也说：就这样吧！人家有难！借他的车，撞坏在一个路边，打电话叫他自己去取、去修，好友们觉得不忿，他说：没什么，车子反正很老了。车子老了，倒是他还在开它；他们之间相依为命。

霍刚已经很意大利化了。快乐，坦荡。用意大利的思维生活。

我不是个搞美术理论的人，我缺乏现代绘画的概念和分析方法，只觉得他的作品很严肃，很有内涵。有心人去做一番研究，一定会得出重要的成果。

这次他开车从米兰到翡冷翠来看我，我给他找了一个不怕打呼噜的伙伴同住。那个朋友亲口拍着胸脯对我说："我的呼噜也很大，只要他不在乎，我是不在乎他的！"

第二天，那位朋友跟霍刚一起来到我的住处，一进门就说："这位霍大侠的呼噜，气势恢宏，我小巫见大巫，一晚上没睡！——好家伙！我服了！服了！"

霍刚说："在外头睡觉不习惯，若在自己家的床上，旁听的人就算醒着，也非逃跑不可的！"

离梦踯躅——悼念风眠先生

风眠先生8月12日上午去世了，九十二岁的高寿，是仁者的善应报。

听到这个消息，我陷入深重的静穆与沉思之中。

我不是林先生的学生，却是终身默默神会的追随者。

跟林先生认识的时间不算短了，说起一些因缘，情感联系更长。

尽管如此，我跟林先生的来往并不多。我自爱，也懂事；一位令人尊敬的大师的晚年艺术生涯，是需要更多自己空间和时间；勉强造访，徒增老人情感不必要的涟漪，似乎有点残忍。来了香港三年多，一次也没有拜访他老人家，倒是一些请客的场合有机会和他见面；最近的一次是他做的东；以前呢？卜少夫先生一两次，还有谁、谁、谁，都忘记了。

前年我在大会堂的个人画展，忽然得到他与冯小姐的光临。使我觉得珍贵。

昨天，老人家逝世了。艺坛上留下巨人的影子。

这几十年来，我拜会他许多次。第一次，是在1946年春天的杭州。

我到杭州，是去看望木刻界的老大哥章西厓。西厓是他的老学生。我那时二十二岁，满身满肚气壮山河要做大画家的豪劲。（天哪！林先生那时候才四十七岁，做了个算术才明白。）

西厓在杭州《东南日报》做美术编辑，我到杭州去干什么呢？什么也不干，只是想念西厓。他住在皮市巷一座讲究的空房子里，朋友到别处去了。有花园，喷水池，什么都感动不了他，与他无关，他只住着大屋子里的一个小套间。我去了，搬来一张行军床，也挤在小套间里。墙上一张西厓设计的亨德尔的《哈你老友》《弥赛亚》大合唱海报。

大雪纷飞，我们跟一位名叫郑迈的画家到处逛，这一切都令我十分新鲜。我1937年到过杭州，一因为小，二因为路过，没有好好看过；这一次算是玩足了。陈英士铜像，孙元良八十八师抗战铜像使我十分佩服，居然会是真的铜汁熔铸而成。这，接着就想到去拜会一次久已仰之的林风眠先生。

他们领我走到一个说不出地名的大栅栏木门的地方，拍了十几下门，静静把门打开的是一个笑容可掬的八九岁乡下孩子，先来一个鞠躬，背书似的把每一个字念出来："嘿！林，先，生，出，去，了！——下，次，来，玩，啊！"他鞠了一个躬，慢慢地关上了门。

我们面面相觑，怎么说话这个味儿？

郑迈说，再来它一下。于是又拍门。不一会儿又是那八九岁大的老兄出来开门，说的又是那些一个字一个字的原话；然后一鞠躬笑眯眯地关上了门。

郑迈说，这小家伙是门房的儿子，刚从乡下来，林师母法国腔教出来的"逐客令"。

过了两天，我们见到了林先生和师母，吃了几块普通的饼干，喝了龙井茶，问起了林先生当年国立艺专在湖南沅陵的时候帮过大忙的沈从文表叔的大哥沈云麓的情况。我回答不出。1937年出来一直没有回过湘西。接着说到我的木刻，西厓开的头，林先生和师母很有兴趣地听着，仿佛对我颇为熟悉的样子。我不太相信他们两位真看过我的木刻。礼貌，或是宽厚，不让一个年轻的美术家太过失望吧！

那次，我见过一幅后来挂在上海南昌路屋子里安杰利科《报佳音》临本。传说是赵无极为他弄的。另外的几幅令我感动之极的林先生自己的画，大块大块金黄颜色的秋天和一些彩色的山脉。

后来在北京，全国文代会或是美代会，见到我，他都要问起关于沈家大表叔的近况。因为我回湘西的次数多了，便很有些话向他报告，填补他对于湘西朋友怀念的情感。

以后我每到上海，总要去看看他老人家。

那年月，隔段时候，文化艺术界的朋友多多少少都会受到一两次精神晃动。经熟人的安全的介绍，见了面大家便无话不谈。

1960年我带着四岁的黑妮到上海去为动画厂做设计工作，时间长了，有机会去探望一些长辈和朋友们，有的正在受苦，有的在危机边沿，有的颠簸在政治痛苦之中，他们是林先生、马国亮先生、巴金先生、章西厓老兄、黄裳老兄、余白墅老兄、唐大郎老兄和左巴老兄、王辛笛老兄老嫂……

马国亮、马思荪先生夫妇也住在南昌街，他们跟林先生政治上相濡以沫，最是相信得过，总是由马先生带我们到林先生那里去。

马国亮先生夫妇当时所受的惊吓令人听来难以忍受的。我住锦江饭店，有时却到他们家去搭铺，把门紧紧地关上，我为他们画画，刻肖邦木刻像（像，来自他家墙上的一幅小画

晚来秋
106cm×105cm
1992 年

题款：
晚来秋　黄永玉作　一九九二年一月
印文：
永玉　黄永玉　聊发少年狂

片），他们和孩子弹钢琴，拉大提琴。白天，夜晚，这简直是一种异教徒危险的礼拜仪式，充满着宗教的自我牺牲精神。管子有云"墙有耳，伏寇在侧"的情况是随时可能发生。这一家四口在危难中的艺术生活真是可歌可泣。马氏夫妇一生所承担的民族和祖国文化命运的担子如此沉重，如此坚贞，真是炎黄子孙的骄傲。见到、想到他们这一家人，我才对于道德这个极抽象的，捉摸不定的，可以随意解释和歪曲的东西有了非常具体的信念。即使他在受难期间，你也仿佛可以向他"告解"，冀以得到心灵的解脱。

林先生就是跟这样一家姓马的家庭成为邻居。

林先生的消息得以从他的好邻居转告中知道。

林先生"文化大革命"之后平反出狱，我到上海又是马先生带我去拜望他，一进门，这位七十多岁的老人正抱着一个差不多七八十斤的煤炉子进屋。那时，他自己一个人生活已经很久了。一个伟大的艺术家照顾着一个伟大的艺术家。

那一天，同去拜访的有唐大郎、张乐平、章西厓、余白墅诸位老兄。因为我有一个作画任务要走很多码头，路经上海，匆忙间，只给林先生带去十来张定制的手工高丽纸，介绍了纸张的性能，便匆匆告辞了。

我们的旅行时间很长，到了末站重庆时已经除夕，回到北京，赶上了"批黑画"。我画的猫头鹰是重点之一。有关猫头鹰一案的故事已让人宣叙了百儿八十次之多，不再赘述了。

奇怪的是有人告了密，说我到上海拜见林风眠先生的那一次是一个不平凡的"活动"，写出了批判的大字报，说我黄某人与林风眠"煮酒论英雄"，"天下英雄惟使君与操耳"！要追查这个小集团的活动。

我当时已经横了心，知道一切解释于事无补，只有一个问题想不开，心中十分生气。在小组会上，我破了胆子申明，林先生论年龄、学术修养和许多方面，是我老师的老师，我怎么能跟他搞什么所谓"煮酒论英雄"活动？……简直荒唐！

这种陷害的扩展和发挥是无耻的，后来也不见起到什么作用。只是一直遗憾，不知惊动了林先生和其他几位朋友没有？

一个小小的精神十足的老头。不介绍，你能知道他是林风眠吗？不知道。

普普通通的衣着，广东梅县音调的京腔，谦和可亲，出语平凡，是个道不出缺点的老人。

从容、坚韧地创造了近一世纪，为中国开

辟了艺术思想的新天地。人去世了，受益者的艺术发展正方兴未艾。

说到林风眠，很少有人能在口头上和理论上把他跟名利连在一起。在上海有一次他对我们开自己的玩笑，说自己只是个"弄颜色玩玩的人"，是个"好色之徒"。

记得50年代林风眠先生在北京帅府园中国美术家协会开个人画展时，李苦禅、李可染先生每天忙不迭地到会场去"值班服务"。晚辈们不明白这是什么道理？

可染、苦禅两位先生高兴地介绍说："我们是林风眠老师真正的学生！"

老一辈人都有一种真诚的尊师重道的风气。直到现在我还不明白，折磨文化和折磨老师，究竟会结出什么奇花异果来？

林风眠先生二十出头就当了美专校长，不问政事，画了一辈子画。

九十二岁的林风眠8月12日上午十时，来到天堂门口。

"干什么的？身上多是鞭痕？"上帝问他。

"画家！"林风眠回答。

1991年，"8·13"之夜

西耶纳幻想曲

你去过西耶纳吗？来意大利怎能不去一下西耶纳呢？人多次告诉我，去西耶纳吧！去西耶纳吧！不去，你会一辈子后悔的。

我去了。一次、两次、三次，最后是在大冷天，我带着画箱，选了个角度，设想一种古典的感情，画了一幅迷人的广场。

西耶纳！西耶纳！我好像见过你，一定见过你，要不，就是前世。我那么稔熟，古旧的石头小街，石头的屋子，讲究、精致。晚上的路灯，曳着长裙子的女娃的漫步。

我那么喜欢你，我设想在你这里买一座小石头房子。但我怎么活下去呢？没有熟人，没人了解我，没人买我的画，我会孤苦伶仃。一个老人，为了喜欢这个地方，原也可以忍受的——寂寞、冷、热、饥饿、想念、回忆，都会伤心的。一年一年地过去，老到要拄着拐杖走路了，街上铺子里的人都认识我，却不明白我的底细，会在背后用幻想编织我的经历。

一个人静悄悄地在楼上煮东西吃，两只老狗陪着我，公的叫"代苟"，母的叫"老咪"（苗话男孩和女孩）。朋友们已不再写信来了，以为我死了，因为我没有回信；何况，我一直不懂意大利文。这里又没有中文报纸，中国是哪位老兄当总理、当主席？香港越来越好还是越来越坏？不单不知道，也不再想它。

大衣旧了，有的地方还露了口子，脱了线路，那不要紧，曾经是名牌，很好的手工。坐在路边咖啡馆，生人也尊重我，认为这个东方人要不是漏气财主便是落魄政客。这不用认真高兴或生气，也不值得理会。

三间画廊挂了些蹩脚画，不知画的什么狗屁，却从不买我的画。二十多年前就决定不买了。他们认为我的画价是天方夜谭，不可相信也不能原谅。我早不画画了。我也不原谅他们。有时亲亲他们的孩子。有时，也上这家或那家画廊坐坐，他们给我水喝，递过来一杯卡布奇诺，用不着说话，出于对老人的尊敬，像对待他外婆的远房兄弟一样。

外头来了画家，画廊主人可能悄悄告诉他我曾经是个同行，好奇地和我聊了两句，得不到回应，也就算了。

早些年，带来的一些刊登我的画作的画册和报章杂志，早就给自己和别人翻烂了。对着模糊不清的碎片介绍自己，是费神费力的。观者也不会出现高潮。

我不喝酒已是众人知道的事，是一个主题和形象模糊连鼻子眼睛也剥蚀了的石雕。

像老处女强自挣扎的矜持吗？不，我不过只是陷入陶醉的深渊里罢了。

隔着老玻璃窗看雨，听雨；看雪，听雪声簌簌下落。夜晚，偶尔也瞥一眼时多时少的星星。只是看和听，不进脑，不萦回，不求结论，要思想干吗？

两只老狗跟我走了那么多的地方，它们不是奥古斯都皇帝的那两只狗，没那么为历史记忆；我不信奥古斯都的狗有"代苟"和"老咪"多见识。广州、北京、湖南、香港再意大利。千山万水，可能打破了狗的文化历史纪录。拿破仑打埃及除了带去考古鉴定专家和运古董毛驴之外，一定还有一大群狗，不过从法国、意大利到埃及不算远，当然缺乏人文的经历。

狗对周围事物，除了教堂的钟声之外从不感动。它们昂起头，如此悠悠之深情地眯着眼睛嗅闻着遥远的钟声。钟声香吗？或是引起它们某种迢遥的朦胧？

黄昏前我总带着它们在城里上下走一圈。看看金黄的街灯一盏盏亮起。慢慢地踱着，街两旁升腾起晚炊的香味，我轻轻向老狗一家家地介绍：这是加"芝士"粉的浓浓的龙虾汤；嗯？煎鱼，可能过火了……闻到吗？托斯卡纳菜饭，橄榄油浸酸茄子和辣椒……那种撒在烤羊腿上的树根粉末叫什么？我一直念了又忘！……两只狗看了我一眼。

广场四边的咖啡馆已经满座，泉水旁三个多情的黑人在弄乐器，人们静静地围成一圈。

为什么古时候那位设计家要把广场弄成漏斗形的呢？我觉得这种设计很别致，有创见，是全世界流行的平坦广场的创举，但为什么呢？

大白天，西耶纳全身爬满游客。晚间才得安静，让本地人喘口气，喝杯咖啡。

说老实话，游客春蛙似的聒噪，污染了优

西耶纳德卡波广场
100cm×100cm
1991 年

雅；只是少了他们，西耶纳靠什么过日子呢？

我一边画画、一边做着这些荒唐而孤寂的梦。说老实话，我喜欢西耶纳，也像我所设想的一个人住下去会如何如何寂寞可叹！人总是人，有自己的故土，不到忍无可忍，谁愿意离开呢？古诗云：

"高田种小麦，终岁不成穗。男儿在他乡，焉得不憔悴？"

有人要买画，我不卖。画完已是黄昏，跟着女儿女婿开车回翡冷翠。

永远的窗口

我二十四五年前画过一幅油画，后来送给朋友，他带到香港来，在1987年我加题了些字在上面：

"一九六七年余住北京京新巷，鄙陋非余所愿也。有窗而无光，有声而不能发；言必四顾，行必蹒跚，求自保也。室有窗而为邻墙所堵，度日如夜，故作此以自慰，然未敢奢求如今日光景耳。好友南去，以此壮行。黄永玉补记于一九八七年。"

我想，油画如果有点意义，题些字在上头亦无妨。

"文革"期间，我住的那些房子被人霸占了，只留下很小一些地方给我一家四口住。白天也要开着灯，否则过不了日子，于是我故意地画一个大大的，外头开着鲜花的窗口的油画舒展心胸，也增添居住的情趣。

"文革"之后接着是"猫头鹰案"，周围压力如果不是有点幽默感，是很难支撑的。

阿Q自从向吴妈求爱失败后，未庄所有的老少妇女在街上见到阿Q也都四散奔逃，表示在跟阿Q划清界限，保持自己神圣的贞节。

我那时的友谊关系也是如此。大多朋友都不来往了。有的公开在会上和我明确界限；有的友情不减而只是为了害怕沾染干系；这都需要我用幽默感和自爱心去深深体谅他们的。

我不是阿Q那种"一失掉卵泡就唱歌"这样的人，他开朗无心，而具备善自排遣的本领和心胸。

幸亏还剩下几个"遗子"式的朋友。他们都没有当年那批广大的朋友显赫：花匠，郎中，工人，旅店服务员……之类，甚至胆子极小的小报编辑。有的公然堂而皇之大白天走进"罐斋"来看我，有的只能在晚上天黑以后戴着大

一九七七年余住北京新巷鄙隣非余所願也有窗而無光有聲而不能發言此四願付於諸畫求自慰此窗此畫非如今日之異乎擅所據度日如桓故作此以自慰甚未敢舎求如今日之異乎好友南丞以此壯竹進此美於賢乎后
黃永玉補記於一九八六年

窗口
105cm×175cm
1967年

题款：
一九六七年余住北京京新巷，鄙陋非余所愿也。有窗而无光，有声而不能发；言必四顾，行必蹒跚，求自保也。室有窗而为邻墙所堵，度日如夜，故作此以自慰，然未敢奢求如今日光景耳。好友南去，以此壮行。

　　　　　　黄永玉
　　补记于一九八七年

口罩冲进屋来。

绀弩老人有句诗："手提肝胆照阴晴"，说的就是这一类朋友。

我的这些朋友，我画的那张"窗口"，还有考验我们友谊和信念的那几页可笑的历史，最是令人难忘。

我一生经历的窗口太多了。

两三岁时，在"古椿书屋"，爷爷房里有一个带窗台有矮栏杆和可以坐卧的窗台的大窗，窗外是一个七八英尺不到的小园子，栽满了长着青嫩绿色大刺、开又白又香小花的矮棘树，除了蜜蜂和蝴蝶，连猫也挤不进去。爷爷给它起了个朴实的名字："棘园"。

下雨、落雪、阳春天气，坐在窗台上一路从棘园看过去，白矮墙和黑瓦檐，张家李家的屋角、影壁、北门的城垛，染房晒布的高木架，看不见的还有北门河，河对面的喜鹊坡，你还可以想象那一带的声音……那是第一个认识的世界。

1939年流浪的时候，住在朋友开面馆的阁楼上，每天毫不知前途地刻着木刻、看着书。一尺见方的窗子，床横在窗口，楼下生意劲时，柴火一旺，小阁楼便烟雾腾天不见五指。小窗口外一式没有想象力的瓦犀顶。我正读着郑振铎编的《世界文学大纲》的英国文学部分，见到那个假想的十六岁诗人查泰顿自杀的油画照片，他斜躺在矮床上，张开的右手里还留着一片残稿，正面一个小小的窗口。我几乎跳起来！我也十六岁，我也有一个窗口，天哪！我是不是要死了？

1943年在江西信丰县民众教育馆工作，说是工作，其实什么工作也没做。不做工作而白拿薪俸岂不惭愧？不惭愧！那一点钱干什么也赚得到。这样的处境居然还第一次结识了女朋友。

我的房间在楼上贴街的部位，另一个方向才有一扇大窗，对着几十亩草地和树林，每天早上太阳啦！雾啦！小学生唱歌啦！鸡叫啦！都灌进我那没有窗门框的窗洞里来。

女朋友也在民众教育馆工作，大清早见她从老远冉冉而来，我便吹起小法国号欢迎。弄得同事都逐渐明白，女朋友的上班跟我的号声大有牵连。

多少年后，1948年我跟这位女朋友（也即是拙荆）在九龙荔枝角九华径找到一个新的窗口。窗口很大，屋子那么小那么窄，只容得下一张床和一张小工作台。是一间隔板房。隔壁住的朋友是个怕老婆的家伙，一天二十四小时，每颗时间细胞无不浸透了一个"怕"字，所以使我们每天的见闻十分开心。

我们窄小的天地间最值得自豪、最阔气的就是这扇窗子。我们买了漂亮的印度浓花窗纱来打扮它，骄傲地称这个栖身之处为"破落美丽的天堂"。

从这里开始，我们踌躇满志地到北方去了。

几十年后，我们又重新回到出发的地点香港来。

以我们几十年光阴换回满满行囊的故事。

只要活着，故事还不会完；窗口虽美，却永远总是一种过渡……

眼前，我们有一长列窗口，长到一口气也走不完。它白天夜晚都很美，仍然像过去如梦般地真实可靠……

明天的窗口，谁知道呢。

远游无处不销魂
60cm×40cm
1991年

题款：
远游无处不销魂
陆放翁句　黄永玉作于辛未
印文：
永玉　黄

原版后记

别了！

我说别了，只是写《沿着塞纳河》与《翡冷翠情怀》告一个结束。"世无不散的筵席"，任何事情总有个"完"的时候。写到尽或者不想再写下去，或是要换一个别的写法，都属于"别了"的这个意思。

这几十篇旅游的联想，有一点望舒先生的"做逍遥之旅愁的凭借吧"（微笑）的诗意。

当然我写的这些东西不只是旅愁一方面。为了愁，何必万里迢迢地到那儿去呢？

在意大利住了大半年，居住和工作都很适宜，还因为我的女儿和女婿在那里，而且都是艺术同行，并且找到一个长远的栖身之处。虽说有一个自己的屋子算是快乐之事，却是心存着众所周知的悲凉之感。

"……华实蔽野，黍稷盈畴，虽信美而非吾土兮，曾何足以少留。遭纷浊而迁逝兮，漫逾纪以迄今……"在菲埃索里山顶教堂拱门之下，望远市尘，想起王仲宣《登楼赋》，戚戚之情油然而生。

一个人的情感、际遇、知识，异时异地，写出感受，又有好心的杂志愿意发表。看过的人表示了亲爱，也就小有得意了。

我也对老总和老板吹牛：你们哪里找得到那么认真、够分量的插画。

老总和老板都笑眯眯默认，我也着实地感谢。漂亮的制版和编排，令我每周四迫不及待地要去报摊买一本先睹为快。并且自我陶醉起来："妈的！写得真不错！"

意大利的佛罗伦萨一周后能看到《壹周刊》，女儿有时来信指出典故的谬误，我想出集子时改正。

女儿小时候对我说："爸爸，你别老！你慢点老吧！"

她都大了，爸爸怎能不老呢？女儿爱爸爸，天下皆然。

"文化大革命"开始时，她大约八九岁。热火朝天的动荡，我每天乖乖地到学校去接受审讯和监督劳动。社会上不断传来这个那个熟人自杀的消息。女儿也承担着过分的恐惧和不安。一天早上我上班的时候，她站在阴暗的屋子中间轻轻对我说："爸爸，你别自杀，我没进过孤儿院啊！怎么办？爸爸！"

我拍拍她的头说："不会的！孩子！"

二十多年过去了，从文表叔也逝世了，表婶害着骨头病一个人清苦地生活着；过几天，我也就六十八岁了。朋友们都在北方。所幸我们都仍继续地活了二十多年，并且还会继续地活下去。有时我感觉颇为惭愧，比起朋友，我算是活得松动了。

一方面是接近不逾矩之年，也为了朋友和家国，该加一把劲的缘故吧！闲暇间时作奋起，倒弄得浑身一股子用不完的劲，脑子也特别之鲜活。

说起香港，一生间有六分之一在这里了。世界上，只有这块小劳什子几乎像黄山一样，"集"世界名城的"众岳之妙"，小，精致，包罗万象；像一个大家庭。哪家、哪个人出了一点闪失，当天或第二天大清早全城都知道这段新闻。虽是社会层次复杂，间隔森严，倒是容不得一粒沙子。

激情，天真，哭笑随意，自我开怀，因此难免容易上当。吃亏之后破口大骂，大骂之后继续上当，周而复始……这就是香港人。

我以前和现在的生活没有区别。朋友不多，应酬很少。我喜欢自己的生活天地，又不贪食。希望朋友喜欢敝"内人"做的家常饭菜，却不中意哪怕是"第一流"的馆子里千篇一律、令人懊恼的食物。加上失去了时间混合着朋友的好意，矛盾十分。

我自认我家的饭菜好，也不是随便打发人的。我认为好，别人不认为好，那又是另一番意思。要大家都高兴，吃什么都不见外的时候，兴致才能融在一块。

说到舍下的饭菜，意思指的却是别处。我在香港的交游其实窄得很。称赞或骂我的都只是一种想象的拥抱和讨伐，算不得受益或受害。我心手都忙，脾气不好加上自负，难免在选择朋友时比较警惕。交游方面，我的缺点是显而易见的。

香港许许多多的花花世界和我一点关系都没有。上一回合，三十年前的一住七年，浅水湾还是因为我要回北京，临行前一天朋友为我"催谷"才去应的卯。这两年居然去了一次鼎鼎大名的"大富豪"，是主人陈香桃女士请吃的一次饭。认识陈香桃女士是因为陈香梅女士；认识陈香梅女士是因为外交部的章文晋；认识章文晋是因为陈香梅女士想认识我。吃完这些饭以后，留下了好意，余音袅袅。章文晋死了，陈家姐妹们也忙得很，大家也就没什么好说的了。别人请客，一百次只去一两次，我深知钱来之不易，菜市场鱼肉价钱其实不贵，我的耕耘生活是不宜于把汗水花在那上面的，自我处理，得之舒畅足矣！

舍间墙上挂着一副对联，是敝同乡谭延闿（1880—1930，光绪进士，1927年后国民政府主席，行政院长，擘窠榜书和蝇头小楷都极高明，北平时代的"故宫博物院"五字是他的大手笔，雄强威武的"颜真卿"，十分了得）所书：

喜无多屋宇，
别有小江潭。

字不算好，是衰颓龙钟的手笔（其实他才活了五十整岁），喜欢它说到我心里的一点得意之处。

209

后记

这本书又要再版了。已经忘记它再版过多少次,有时打过招呼也没有,甚至不理我跟再版有没有什么关系。我的日课很多,日子一长也就习惯地忘在脑后。

这一次的再版很像那么一回事:版本大得像本画册,厚厚的,插图跟文字搭配得难舍难分。我心里明白美编先生和编辑女士费的心血。令我产生一种老早不时新的叩头膜拜的打算。

屈指一算,这本书三十多岁了。

接着这本书原来还有同样一本要写,是有关于德国的,名字叫做《莱茵河情缘》。不写的原因由于跟编辑先生的一句话赌气。幸好赌那个气,要不然为这一篇篇文章连载最起码要留在香港一年或两年。谁清楚两年以后是什么世界?

我这一辈子活了快一百岁,运气都是路边捡来的。逢凶化吉。老实人和狡猾人都难以相信。

也有一些巧事,我自己都不太清楚——

我一生最尊敬,来往最密切的又聋又哑的漫画家陆志庠。少年,青年时期都有幸跟随他一起,佩服他的艺术,欣赏他的构思。我的每一幅木刻作品他都看过,直到他逝世,从没有听他说一句我刻得"好!",称赞或夸奖过一次。在他面前,我自己毫无得意之处。我了解他,他是个毋庸置疑的真正大天才。可惜他又聋又哑的生理障碍跟世人隔离。我从军垦农场三年劳动回来,改习宣纸色彩画,他没有看到就逝世了。我至今也没有企望他会对我的宣纸画说一声"好!"。

有他在天之灵的监视，我一点也不敢苟且。

　　有三个人，文学上和我有关系。沈从文表叔，萧乾三哥，汪曾祺老兄。我也不太清楚他们三位究竟看过我多少文章？假定三位都看过我写的《无愁河的浪荡汉子》会有什么反应？

　　萧三哥会兴奋地跳起来喜欢我那么放纵的写法。从文表叔会在书前书后写很多批语和感想，由于我文章的引发，甚至会为我拿另一本空白本子沿着我写的进展宣叙起来。曾祺兄会欣赏我文字的天地，我的佻皮，我的不守文学规矩，信口开河的胆子……

　　黑妮告诉我，表叔一家都读过我写的《太阳下的风景》，表婶有信来说："都哭了"。

　　我以为曾祺老兄没有机会读我的文章，前一段汪朗提及，他爸书柜里有一本翻旧了的《沿着塞纳河到翡冷翠》。我听了心里一片黯然。

　　我开始写书了，怎么三位都离开人间了呢？文学上我失掉三位最服气的指导者。如果眼前三位都还活着，我的文学生涯就不会那么像一个流落尘世，无人有胆认领的百岁孤儿了。

　　这不太像一篇后记。不像就不像！起码算是一个老头子在自己书后打一个大喷嚏吧！

黄永玉
二〇二二年十一月一日书于北京太阳城

图书在版编目（CIP）数据

沿着塞纳河到翡冷翠 / 黄永玉著. -- 北京：作家出版社，2023.1（2023.6 重印）

ISBN 978-7-5212-1651-6

Ⅰ.①沿… Ⅱ.①黄… Ⅲ.①散文集—中国—当代 Ⅳ.①I267

中国版本图书馆CIP数据核字（2021）第247407号

沿着塞纳河到翡冷翠

作　　者：	黄永玉
责任编辑：	姬小琴
装帧设计：	瞿中华
责任印制：	金志宏
出版发行：	作家出版社有限公司
社　　址：	北京农展馆南里 10 号　　邮　编：100125
电话传真：	86-10-65067186（发行中心及邮购部）
	86-10-65004079（总编室）
E-mail:	zuojia@zuojia.net.cn
http:	//www.zuojiachubanshe.com
印　　刷：	北京雅昌艺术印刷有限公司
成品尺寸：	205×240
字　　数：	220 千
印　　张：	13.75
印　　数：	15001—20000
版　　次：	2023 年 1 月第 1 版
印　　次：	2023 年 6 月第 3 次印刷
ISBN	978-7-5212-1651-6
定　　价：	168.00 元

作家版图书，版权所有，侵权必究。
作家版图书，印装错误可随时退换。

翡翠橋
86.7.30